COLLECTION FOLIO

Dan Simmons

Les Fosses d'Iverson

Traduit de l'américain
par Jean-Daniel Brèque

Denoël

Cette nouvelle est extraite du recueil *Le Styx coule à l'envers* (Folio SF n° 99).

Né en 1948 dans l'Illinois, le jeune Dan Simmons découvre la science-fiction le jour où son grand frère rapporte à la maison un carton rempli de magazines, fanzines et romans de SF. Il commence alors à écrire de petites histoires et publie des poèmes, des critiques de films dans le journal de son collège. Diplômé, il devient instituteur dans une école élémentaire et s'intéresse aux enfants surdoués pour lesquels il écrit des programmes d'éducation. Déçu par le refus des éditeurs de publier ses textes, il est sur le point d'abandonner lorsque, à l'occasion d'un atelier d'écriture, il soumet à l'écrivain Harlan Ellison sa nouvelle « Le Styx coule à l'envers ». Celui-ci, très séduit, la propose pour un concours organisé par *The Twilight Zone Magazine* en avril 1982. Simmons en sera lauréat. *Le chant de Kali*, son premier roman, est couronné par le World Fantasy Award en 1985. En 1989, il acquiert, avec la parution d'*Hypérion* et de *L'échiquier du mal*, la réputation d'auteur majeur de la science-fiction contemporaine. *L'échiquier du mal*, couronné par d'innombrables prix littéraires anglo-saxons, met en scène les « vampires psychiques » : ces êtres ont le Talent, c'est-à-dire la capacité de pénétrer dans notre esprit pour nous transformer en marionnettes au service de leurs perversions et de leur appétit de pouvoir...

Mais Dan Simmons est également l'auteur d'œuvres plus intimes, oscillant entre science-fiction et fantastique, où il examine brillamment les angoisses et les souffrances inhérentes à la condition humaine. Dans *Les larmes d'Icare* il met ainsi en scène Richard Baedecker qui, après avoir marché sur la Lune lors d'une mission Apollo, reste hanté par cette expérience magnifique des années durant. Il aborde ensuite le roman noir avec *Vengeance*, un thriller sombre et violent où le héros, Joe Kurtz, a un sens de la justice assez expéditif... En 2002, il a publié *L'épée de Darwin*, roman dans lequel les scènes d'action alternent avec l'investigation pure.

En quelques années et une quinzaine de romans, Dan Simmons a raflé tous les honneurs, les prix et la reconnaissance des critiques.

Découvrez, lisez ou relisez les livres de Dan Simmons :

L'ÉCHIQUIER DU MAL (Folio SF nos 9 et 10)

LE STYX COULE À L'ENVERS (Folio SF n° 99)

LES LARMES D'ICARE (à paraître en Folio)

VENGEANCE (Folio Policier n° 301)

L'ÉPÉE DE DARWIN (à paraître en Folio Policier)

Nous autres Américains avons le chic pour transformer nos hauts lieux nationaux en monuments au mauvais goût et à la vulgarité. Peut-être parce que nous sommes une nation trop jeune et dépourvue du sens de l'histoire ; peut-être parce que notre territoire — à l'exception de celui des États confédérés — n'a jamais eu à subir un bombardement, une occupation ou une invasion (non, je ne compte pas ce que les Anglais ont fait à Washington City... rares furent les Américains qui le remarquèrent, plus rares encore ceux qui s'en soucièrent), et que le sens du sacrifice en est un peu absent.

Il existe pourtant certains hauts lieux qui résistent aux assauts de la vulgarité. Il est difficile de visiter le mémorial Lincoln durant la nuit sans se sentir dans la peau de Mr. Smith débarquant au Sénat. La première fois que j'ai visité ce lieu à minuit, j'ai été affligé durant trois jours d'un bégaiement à la James Stewart.

Mais il suffit que l'on s'attarde un peu pour imaginer derrière les murs de marbre les bureaucrates en train de conférer avec les responsables de chez Disney ; revenez faire un tour dans six mois, et ce vieux Lincoln se lèvera pour réciter son second discours d'investiture avec la voix de Hal Holbrook, marcher sur les eaux du Bassin réfléchissant et faire un numéro de claquettes dans Constitution Avenue.

Tout ça dans le respect du bon goût, bien entendu.

Mais il y a les champs de bataille de la guerre de Sécession.

Peut-être avez-vous visité Gettysburg. En dépit des efforts dépensés par les gens soucieux de préserver ce site, il grouille littéralement de statues et de mémoriaux en tout genre. L'administration du Parc national a édifié en son point le plus élevé une monstrueuse tour phallique, si bien que l'on ne peut échapper à l'intrusion de la laideur de notre XXe siècle. Le musée est équipé de dioramas informatisés et les boutiques de souvenirs vendent toutes sortes de tee-shirts.

Ça n'a aucune importance. Aucune.

Tout comme une vingtaine d'autres champs de bataille de la guerre de Sécession, Gettysburg donne une bouleversante impression de justesse *: il exerce sur le visiteur un effet authentiquement physique et un impact psychique qu'il est impossible d'expliquer. C'est un lieu qui vous hante, à tous les sens du terme. Même en présence d'un château écossais, d'un monolithe druidique, d'une crypte pharaonique, on ne ressent pas cette impression d'étrangeté, cette sensation d'écouter la voix des morts.*

Et rares sont les lieux susceptibles d'être plus émouvants ou plus paisibles.

Pour l'anecdote, je précise que ce récit est né — littéralement — d'une note en bas de page, mais que je me suis astreint à la plus grande authenticité possible dans le détail. Les fosses communes ont bien existé. Dans High Tide at Gettysburg, *le classique de Glenn Tucker, on trouve la mention suivante :*

Cette partie du champ de bataille était réputée hantée par les âmes en peine des soldats de Caroline du Nord victimes du massacre. Lorsqu'il est revenu sur les lieux en 1898, trente-cinq ans après la bataille, le lieutenant Montgomery a appris de John S. Forney que ce lopin de terre était depuis longtemps le sujet d'une terreur superstitieuse. Les ouvriers agricoles refusaient d'y travailler après la tombée de la nuit.

Mon colonel Iverson est, bien entendu, un personnage fictif. Le véritable colonel Alfred Iverson Jr. a bien envoyé son régiment au massacre et a bien été relevé de son commandement après que ses hommes — ou du moins les rares survivants — eurent refusé de servir sous ses ordres, mais rien ne permet de supposer que le véritable Iverson était autre chose qu'un militaire incompétent ayant bénéficié d'appuis politiques. En outre, un dénommé Jessup Sheads a bien bâti une maison sur le site où le 97e régiment de New York avait affronté le 12e régiment de Caroline du Nord. Les historiens de la région confirment le fait que Sheads offrait du vin à ses visiteurs —

du vin provenant des vignes qui poussaient en abondance au-dessus des Fosses d'Iverson.

Je n'avais pas peur du noir quand j'étais jeune. C'est l'âge qui m'a apporté la sagesse. Mais je n'étais qu'un gamin de dix ans en ce lointain été 1913 où j'ai été contraint de communier avec ces ténèbres que je sens désormais proches. Je n'en ai pas oublié le goût. Aujourd'hui encore, trois quarts de siècle plus tard, je suis incapable de remuer la terre noire du jardin ou de demeurer seul dans l'arrière-cour gazonnée de mon petit-fils sans avoir l'impression que des doigts glacials me caressent la nuque.

Le passé, dit-on, est mort et enterré. Mais si profondément enfouies soient-elles, certaines choses gardent un lien avec le présent, telles de vieilles racines noueuses remontant à la surface du sol, et je suis de leur nombre. Pourtant, je n'ai de lien avec personne, il n'y a personne pour écouter mon récit. Ma fille a grandi puis a quitté ce monde, emportée par un cancer en 1953. Mon petit-fils, aujourd'hui quadragénaire, est un pur produit de l'ère Eisenhower, cette interminable période de gestation où un monde nanti attendait un avenir plein de promesses. Cela fait vingt-trois ans que Paul enseigne les sciences au lycée municipal, et si je lui narrais les événements survenus dans la chaleur de ces premiers jours de juillet 1913, il me considérerait comme fou. Ou sénile.

Mes arrière-petits-enfants, un garçon et une fille nés dans une époque qui n'accorde plus guère d'importance à la différence entre les sexes, sont incapables de concevoir un passé aussi lointain, aussi révolu que les années de mon enfance qui ont précédé la Grande Guerre, et encore moins la sanglante réalité de la guerre de Sécession, d'où procède le sombre message dont je suis porteur. Mes arrière-petits-enfants sont aussi stupides et pittoresques que les poissons exotiques que Paul élève dans son aquarium hors de prix, libérés des terreurs et des marées de l'océan de l'Histoire, imprégnés d'une ignorance hautaine de tout ce qui les a précédés, eux, le Big Mac et MTV.

Ainsi donc, seul dans l'arrière-cour de Paul (pourquoi nous sommes-nous détournés du perron ouvert sur la rue et le voisinage pour nous isoler dans notre arrière-cour ? Par quel mystère ?), j'étudie une photographie jaunie montrant un enfant au visage sérieux portant l'uniforme des boy-scouts.

Ce gamin est bien trop chaudement vêtu pour la saison — c'est à peine si l'on distingue sa silhouette sous l'épaisse veste en laine, le chapeau à large bord, le pantalon trop lâche et les guêtres lacées jusqu'aux genoux. Il ne sourit pas — un pioupiou solennel, quatre ans avant que les jeunes Américains ne découvrent ce terme. Ce gamin, c'est moi-même, bien sûr, en train de poser devant la carriole de Mr. Everett, le glacier, avant de m'embarquer en ce jour de juin pour un voyage qui devait me conduire en un lieu et en un temps plus lointains que n'importe lequel d'entre nous aurait pu l'imaginer.

Quand je regarde cette photographie, je sais bien que les carrioles de glaciers n'existent plus que sous la forme de souvenir dans des crânes chenus, que la maison que l'on aperçoit dans le fond a été rasée il y a longtemps pour être remplacée par un immeuble collectif, puis par un centre commercial, que la laine, le cuir et le coton de cet uniforme de boy-scout sont tombés en poussière, ne laissant subsister que les boutons de cuivre et le gamin, et que — comme me l'expliquerait Paul — chacune des cellules du corps de cet enfant si sérieux a été remplacée à plusieurs reprises. Sans doute sans amélioration notable. Paul m'affirmerait que l'ADN est resté le même, puis il se lancerait dans un exposé duquel il ressortirait que le seul lien entre le moi d'antan et le moi d'aujourd'hui est un petit architecte-parasite tapi dans chacune des cellules du passé et du présent, si différentes soient-elles.

Foutaises.

Quand je contemple ce visage mince, ces lèvres pincées, ces yeux plissés sous les assauts d'un soleil bien plus jeune (et bien plus chaud, je le *sais*, en dépit des affirmations si rationnelles de la science de Paul), je sens le lien qui unit ce gamin de dix ans — si sûr de lui en dépit de son jeune âge, si courageux — au vieil homme qui a appris à avoir peur du noir.

Si seulement je pouvais le mettre en garde.

Le passé est mort et enterré. Mais je sais désormais que les choses enfouies sont capables de remonter à la surface lorsqu'on s'y attend le moins.

En cet été 1913, l'État de Pennsylvanie s'apprêtait à accueillir la plus importante invasion de vétérans que le pays ait jamais connue. Le ministère de la Guerre avait invité tous les anciens de la guerre de Sécession à célébrer le cinquantième anniversaire de la bataille de Gettysburg.

Durant le printemps, tous les journaux

de Philadelphie ne parlaient que des préparatifs de cette Grande Réunion. On attendait près de quarante mille vétérans. À la mi-mai, ce chiffre était passé à cinquante-quatre mille et l'Assemblée générale avait dû voter des crédits supplémentaires au budget de l'Armée. Ma tante Celia, une cousine de ma mère qui demeurait à Atlanta, nous apprit par lettre que les Filles de la Confédération, ainsi que d'autres groupes affiliés à l'Union des vétérans confédérés, faisaient tout ce qui était en leur pouvoir pour organiser une ultime invasion du Nord par les vieillards.

Mon père n'était pas un vétéran. Avant ma naissance, il qualifiait le conflit hispano-américain de « Guerre de Mr. Hearst », et cinq ans après la Réunion de Gettysburg, il baptisa « Guerre de Mr. Wilson » ce que l'on devait appeler par la suite la Première Guerre mondiale. À ce moment-là, j'étais entré au lycée, et alors que mes camarades bouillaient d'envie de s'enrôler pour aller donner une leçon aux boches, j'en étais venu à partager les sentiments de mon père ; j'avais vu de mes yeux les conséquences de la guerre.

Mais durant ce printemps 1913, j'aurais tout donné pour pouvoir me joindre aux vétérans présents à Gettysburg, entendre les discours, voir les drapeaux flotter au vent, me terrer dans Devil's Den et voir ces vieillards refaire une dernière fois la Charge de Pickett.

Et l'occasion se présenta à moi.

J'étais devenu boy-scout en février. Les scouts étaient un phénomène relativement récent — les premières patrouilles américaines n'avaient été formées que trois ans plus tôt —, mais ce printemps-là, tous les garçons de ma connaissance en faisaient partie ou attendaient d'en faire partie.

Le révérend Hodges avait formé la première patrouille de Chestnut Hill, notre petit village qui est aujourd'hui une banlieue de Philadelphie. Il ne recrutait que des garçons dotés d'un caractère irréprochable et d'une fibre morale rigoureuse — c'est-à-dire des garçons presbytériens. Cela faisait trois ans que j'étais entré dans le Chœur presbytérien de la 4e Avenue, et quoique de santé fragile et totalement incapable de faire un nœud, je fus reçu au sein des boy-scouts trois jours après avoir fêté mon dixième anniversaire.

Mon père ne se montra guère enchanté. Nos uniformes semblaient avoir été hérités des *Rough Riders**. Nos bottes, nos guêtres et nos chapeaux nous donnaient l'allure de petits soldats, noyés dans le tissu kaki et les vertus militaires. Trois fois par semaine, le mardi et le jeudi de quatre heures à six heures de l'après-midi, puis le samedi de sept heures à dix heures du matin, le révérend Hodges nous réunissait sur le terrain de sports du lycée pour nous faire marcher en rangs et nous apprendre à poser des bandages, si bien que nous finissions par ressembler à une bande de momies arborant ici et là des touches de kaki. Le mercredi soir,

* Régiment de volontaires formé par Theodore Roosevelt et Leonard Wood lors de la guerre Hispano-Américaine de 1898. *(N.d.T.)*

nous nous retrouvions dans le sous-sol du temple pour apprendre le morse — que le révérend appelait *General Service Code* — et pour nous entraîner au maniement du sémaphore.

Mon père me demanda si nous préparions une nouvelle guerre des Boers. Sans prêter attention à ses commentaires ironiques, je passai le mois de mai à transpirer sous ma tenue kaki et m'amusai comme un fou.

Lorsque le révérend Hodges nous rendit visite pour informer mes parents que le gouverneur avait demandé à toutes les patrouilles de Pennsylvanie d'envoyer des représentants à Gettysburg afin d'aider à l'organisation de la Grande Réunion, je remerciai la Providence de me permettre de passer cinq jours à Gettysburg en compagnie du révérend, de Billy Stargill (un gosse de treize ans qui devait périr lors de la bataille de l'Argonne) et d'un garçon boutonneux et grassouillet dont j'ai oublié le nom.

Mon père ne pipa mot, mais ma mère

déclara que c'était un honneur pour moi, et c'est ainsi que le matin du 30 juin, le Dr. Lowell, croque-mort et photographe officiel de Chestnut Hill, m'immortalisa devant la carriole de Mr. Everett. À deux heures de l'après-midi, je rejoignais le révérend et mes deux camarades à bord du train de Gettysburg.

En tant que participants officiels, nous avions droit à un tarif spécial d'un *cent* le mille. Le billet me fut donc facturé un dollar et vingt et un *cents*. C'était la première fois que je me rendais à Gettysburg. La première fois que je passais la nuit hors de chez moi.

Nous sommes arrivés en fin d'après-midi ; j'étais épuisé, j'avais chaud, j'avais soif, et j'étais tenaillé par une envie des plus pressantes, la timidité m'ayant empêché d'utiliser les toilettes du train. La petite ville de Gettysburg n'était qu'une masse confuse et bruyante de chevaux, de voitures automobiles et de vieillards engoncés dans des uniformes sentant le camphre. Nous avons suivi le révérend Hodges dans des ruelles boueuses bordées de bâtiments festonnés de drapeaux. Les hommes étaient dix fois plus nombreux que les femmes et la foule ressemblait à un océan de canotiers et de casquettes kaki. Pendant que le révérend entrait dans le hall de l'Eagle Hotel pour y recevoir ses instructions, je me suis glissé dans une ruelle et y ai trouvé des toilettes publiques.

Une demi-heure plus tard, nous hissions nos sacs à dos à l'arrière d'une camionnette qui devait nous conduire au camp érigé au sud-ouest de la ville. Nous étions une douzaine de gosses, accompagnés de leurs chefs de patrouille, entassés sur trois banquettes, et alors que nous descendions Franklin Street, j'ai aperçu un hôpital de campagne de la Croix-Rouge et, de l'autre côté de la rue, une vingtaine d'ambulances ; puis nous avons emprunté une route baptisée Long Lane, et j'ai découvert ce qui m'a semblé un océan de tentes.

Il était sept heures passées et la riche

lumière du crépuscule éclairait ces milliers de pyramides en toile occupant plusieurs arpents de terre arable. J'ai levé la tête, cherchant à apercevoir Cemetery Ridge parmi les collines, Little Round Top parmi les tas de rochers. Nous croisions des policiers à cheval, des chariots de l'Armée tirés par des mules de l'Armée, passions devant d'immenses empilements de bûches et des concentrations de fours portatifs autour desquels flottait encore l'arôme du pain chaud.

Le révérend Hodges s'est tourné vers nous. « Nous avons raté le dîner, j'en ai peur. Mais nous n'avions pas très faim, n'est-ce pas ? »

J'ai secoué la tête en dépit de mes crampes d'estomac. Ma mère m'avait préparé du poulet frit et des biscuits, mais le révérend avait mangé la cuisse et mon camarade grassouillet m'avait supplié de lui donner le reste. J'étais trop excité par le voyage pour pouvoir manger.

Nous avons tourné dans East Avenue, une large piste bordée par des enfilades de tentes. J'ai cherché en vain la Grande Tente dont j'avais tant entendu parler — un chapiteau susceptible d'accueillir treize mille personnes où le président Wilson devait prononcer un discours le jour de la Fête nationale. Le soleil n'était plus qu'un globe rougeoyant à l'ouest, et l'air imprégné de poussière embaumait l'herbe piétinée et la toile surchauffée. J'étais affamé, j'avais de la poussière dans les cheveux, de la terre entre les dents. Je crois que je n'ai jamais été aussi heureux de toute ma vie.

Notre cantonnement se trouvait au bout d'East Avenue, à cent mètres d'une rangée de cuisines portatives installée au centre du quartier des vétérans de Pennsylvanie. Le révérend Hodges nous a désigné nos tentes et ordonné de nous rendre au poste pour y recevoir nos ordres de mission.

J'ai posé mon sac à dos sur un lit de camp proche des latrines. J'ai un peu lambiné pour installer mon duvet et ranger mes vêtements, si bien que lorsque j'en ai eu fini, mon camarade grassouillet dormait sur son lit et Billy avait disparu. Un train est passé en rugissant sur la voie ferrée distante d'une quinzaine de mètres. Soudain pris de panique à l'idée de me retrouver tout seul, j'ai foncé vers la tente des chefs de patrouille.

Billy et le révérend ne s'y trouvaient pas, mais j'ai été apostrophé par un homme corpulent, portant moustache blonde et lunettes à verres épais, mal fagoté dans son uniforme. « Boy-scout, ici !

— Oui, m'sieur ?

— As-tu reçu ta mission ?

— Non, m'sieur. »

L'homme a farfouillé en grommelant dans le tas de fiches jaunes posé sur la planche qui lui servait de bureau. Il a attrapé l'une d'elles, y a jeté un bref coup d'œil et l'a attachée au bouton de ma poche de poitrine. J'ai dû me tordre le coup pour déchiffrer l'inscription tapée à la machine : MONTGOMERY, P.D., Capt., 20e rég. Car. du N., SECT. 27, SITE 3424, Vétérans de Caroline du Nord.

« Eh bien, *file*, mon garçon ! a sèchement ordonné le chef de patrouille.

— Oui, m'sieur. » J'ai foncé vers la sortie. Puis fait halte. « M'sieur ?

— Qu'y a-t-il ? » Le chef de patrouille attachait déjà une autre fiche à la poitrine d'un autre scout.

« Où dois-je aller, m'sieur ? »

Geste agacé du gros homme. « Rejoindre le vétéran qui t'a été assigné, évidemment. »

J'ai de nouveau examiné la fiche. « Le capitaine Montgomery ?

— Évidemment. Si c'est son nom qui est sur ta fiche. »

J'ai inspiré à fond. « Où est-ce que je vais le trouver, m'sieur ? »

L'homme a froncé les sourcils, fait quatre pas pleins de colère dans ma direction, s'est penché sur ma fiche. « Vingtième régiment de Caroline du Nord... Section 27... c'est *par là.* » D'un geste vague, il m'a indiqué la voie ferrée, un ruisseau bordé d'arbres, le soleil couchant et une colline où plusieurs centaines de pyramides en toile captaient la lueur rouge du crépuscule.

« Excusez-moi, m'sieur, mais qu'est-ce que

je dois faire quand j'aurai trouvé le capitaine Montgomery ? » ai-je demandé alors que le chef de patrouille me tournait déjà le dos.

Il a stoppé net et m'a regardé par-dessus son épaule, faisant montre d'un dégoût à peine dissimulé dont je n'aurais jamais cru un adulte capable envers un garçon de mon âge. « Tu fais tout ce qu'il *veut*, jeune crétin. Maintenant, *file.* »

J'ai tourné les talons et couru vers le camp des Confédérés.

On allumait les lanternes lorsque je me suis engagé dans le labyrinthe de tentes. Plusieurs centaines de vieillards, en majorité vêtus d'un uniforme gris et portant des moustaches tombantes, assis sur des banquettes, des tabourets ou des souches, fumaient, bavardaient et crachaient dans la lumière crépusculaire. Je me suis égaré à deux reprises, et à deux reprises on m'a indiqué le chemin d'une voix traînante, avec cet accent du Sud qui, pour ce que j'en comprenais, aurait tout aussi bien pu être de l'allemand.

Finalement, j'ai repéré le contingent de Caroline du Nord, pris en sandwich entre ceux du Missouri et de l'Alabama, à quelques pas de celui de la Virginie-Occidentale. Par la suite, je me suis souvent demandé pourquoi on avait placé les Virginiens loyalistes en plein milieu des Rebelles.

La Section 27 était constituée par la rangée de tentes la plus à l'est, et le Site 3424 par la dernière tente de la rangée. Cette tente était plongée dans l'obscurité.

« Capitaine Montgomery ? » Ma voix était à peine un murmure. N'entendant aucune réponse, j'ai passé la tête à l'intérieur de la tente pour m'assurer qu'elle était déserte. Ce n'était pas de ma faute, raisonnais-je, si le vétéran n'était pas là. Demain matin, je l'escorterais jusqu'au réfectoire, j'exécuterais les tâches qu'il m'aurait confiées, je l'aiderais à trouver les latrines ou ses camarades de régiment, je ferais tout ce qu'il voudrait. *Demain matin.* Pour le moment, j'avais bien l'intention de regagner notre cantonnement en courant, de retrouver Billy et le révérend Hodges et de voir si l'un d'eux n'avait pas des gâteaux dans son sac à dos.

« Je t'attendais, mon gars. »

Je me suis figé sur place. La voix provenait des profondeurs obscures de la tente. C'était une voix de Sudiste, chevrotante et pourtant pleine d'énergie. Une voix qui n'aurait pas été déplacée dans la bouche d'un général mort commandant ses troupes dans l'au-delà.

« Entre, Johnny. Et que ça saute ! »

J'ai pénétré dans la chaleur odorante de la toile et battu des cils. L'espace d'un instant, je me suis retrouvé incapable de respirer.

Le vieil homme allongé sur le lit de camp avait pris appui sur ses coudes, si bien que dans la pénombre ses omoplates évoquaient les ailes d'un rapace, offrant un vif contraste avec la masse indistincte de son corps — uniforme et peau également gris, yeux fixes et galons fanés. Il était coiffé d'un chapeau informe, jadis pourvu de bords et de bandeau, qui ne servait plus désormais qu'à plonger son visage dans l'ombre. Son nez crochu surplombait une barbe aussi blanche que rare, des lèvres pourpres et épaisses, une bouche béante où étaient plantées quelques dents pointues. Pour la première fois de ma vie, je me suis dit qu'une bouche n'était qu'une ouverture dans un crâne. Les orbites du vieil homme étaient des puits de ténèbres sous ses sourcils encore noirs, ses pommettes des lames de couteau. Ses grosses mains, tavelées et déformées par l'arthrite et la vieillesse, semblaient émettre une lueur blanche dans la pénombre, et j'ai remarqué que si l'une de ses jambes s'achevait par l'éclat noir d'une botte de cuir, l'autre était tranchée net en dessous du genou. Je distinguais le tissu du pantalon enroulé au-dessus d'une peau labourée de cicatrices qui semblait ramenée autour de l'os brisé.

« Sacrédié, mon gars, est-ce que t'as amené le chariot ?

— Je vous demande pardon, m'sieur ? » Ma voix évoquait le grésillement d'un criquet terrifié.

« Le chariot, Johnny. Il nous faut un chariot, nom de Dieu. Tu devrais le savoir, mon gars. » Le vieil homme s'est redressé, a posé son pied indemne sur le sol et fouillé maladroitement dans son long manteau.

« Je vous prie de m'excuser, capitaine Montgomery... euh... vous êtes bien le capitaine Montgomery, m'sieur ? »

Le vieil homme a marmonné une réponse.

« Eh bien, m'sieur... mon capitaine, je ne m'appelle pas Johnny, je m'appelle...

— *Nom de Dieu*, mon gars ! a beuglé le vieillard. Veux-tu arrêter de bavasser et aller chercher ce foutu chariot ! On doit arriver aux Fosses avant que ce salopard d'Iverson nous coiffe sur le poteau ! »

J'ai ouvert la bouche pour répondre, mais j'ai eu le souffle coupé en voyant que le capitaine Montgomery avait sorti une arme de son manteau. Le revolver était gris, énorme, il sentait l'huile, et j'étais sûr que ce vieux fou allait me tuer sur-le-champ. J'étais aussi sonné que si le vétéran confédéré m'avait décoché un coup de crosse en plein plexus solaire.

Le vieil homme a posé le revolver sur le lit, plongé la main sous les draps et attrapé un étrange assemblage fait de bois, de lanières et de boucles dans lequel j'ai reconnu une jambe de bois mal dégrossie. « Allez, Johnny, a-t-il grommelé en se penchant pour fixer la prothèse à son moignon, j'ai déjà attendu trop longtemps. Va chercher le chariot, mon gars. Quand tu reviendras, je serai prêt à partir.

— Oui, m'sieur. » J'ai tourné les talons et me suis enfui.

Je n'ai aucune explication rationnelle pour ce qui a suivi. Il me suffisait d'agir de façon naturelle, d'obéir à la peur qui habitait toutes les fibres de mon corps. Retourner à la Station, retrouver le révérend Hodges, lui expliquer que mon vétéran était un fou dangereux et passer une bonne nuit de sommeil pendant que les adultes arrangeraient les choses : voilà qui aurait été logique. Mais à ce moment-là je n'étais pas une créature totalement rationnelle. (Et n'est-ce pas le lot d'un garçon de dix ans ?) J'étais épuisé, affamé, j'avais le mal du pays, j'étais complètement désorienté et — peut-être est-ce là le plus important — je n'avais pas l'habitude de désobéir. Et pourtant, je reste persuadé aujourd'hui encore que je me serais enfui sans le moindre regret si je n'avais pas aperçu en me retournant le vieil homme en train de harnacher sa misérable jambe de bois. L'idée qui allait rester planté là, appuyé sur cette horrible prothèse, attendant un chariot qui ne viendrait jamais, m'était insupportable.

Le destin voulut que je trouve un chariot à moins de cent mètres de la tente du capitaine Montgomery. Il était à moitié empli de couvertures, mais conducteurs et livreurs étaient également invisibles. Les deux chevaux gris qui le tiraient étaient plutôt âgés, mais ils se sont montrés dociles lorsque j'ai saisi leurs rênes et les ai menés non sans mal vers le sommet de la colline.

C'était la première fois que je conduisais un chariot. Nous étions en 1913, mais j'étais déjà habitué aux automobiles. On apercevait de temps à autre des chariots et des calèches dans les rues de Chestnut Hill, mais ces véhicules étaient déjà considérés comme un peu archaïques. Mr. Everett interdisait aux enfants de monter sur sa carriole, et son cheval avait l'habitude de mordre tous ceux qui s'approchaient de lui.

Durant le bref trajet, j'ai veillé à ne pas approcher mes doigts des dents des chevaux. Pas un instant je n'ai pensé que j'étais en train de commettre un vol. Le capitaine Montgomery avait besoin d'un chariot. J'avais pour tâche de lui en procurer un.

« Très bien, Johnny. Bon travail. » Le vieil homme paraissait moins impressionnant à la lumière. Son long manteau gris était tout froissé, et bien qu'invisible, j'étais sûr que le revolver était dissimulé dans ses replis. Il avait passé un lourd sac de toile par-dessus son épaule. Pour la première fois, j'ai remarqué un insigne sur son chapeau et trois médailles sur son manteau. Leurs rubans étaient si fanés que je n'ai pu identifier leurs couleurs. Le cou du capitaine était si ridé qu'il me rappelait la masse de cordes qui pendaient dans le vieux puits de notre maison.

« Allez, mon gars. Nous devons faire vite si nous voulons arriver avant ce fumier d'Iverson. » Le vieil homme s'est hissé sur la banquette en faisant pivoter sa jambe de bois, puis a saisi les rênes de ses mains noueuses comme des racines. Sans hésiter un instant, j'ai fait le tour du chariot et l'ai rejoint d'un bond.

Gettysburg grouillait de lumières et d'activité ce dernier soir de juin, mais la nuit m'a paru exceptionnellement sombre lorsque nous avons traversé la ville. Les lumières des maisons et des hôtels semblaient si éloignées de notre but — quel qu'il fût — que je les trouvais bien pâles et bien froides, telles des lucioles mourantes dans un bocal.

Au bout de quelques minutes, nous laissions derrière nous les derniers bâtiments de la ville pour emprunter une route dont j'appris plus tard qu'il s'agissait de Mummasburg Road. Avant que nous ayons franchi une muraille d'arbres sombres, je me suis retourné pour jeter un dernier regard vers Gettysburg et le camp de la Grande Réunion. Alors que les lumières de la ville m'avaient paru pâles et fragiles, j'ai été ébloui par les centaines de brasiers allumés dans la cité de toile. En contemplant cette constellation de feux de camp, je me suis rendu compte que les vétérans blottis autour d'eux étaient bien plus nombreux que les soldats de n'importe quelle armée contemporaine. Je me suis demandé si Cemetery Ridge et Culp's Hill avaient offert un spectacle similaire aux yeux des troupes confédérées cinquante ans auparavant.

Soudain, et j'en ai eu le frisson, je me suis avisé que ce jour-là la Mort avait organisé une grande fête qui avait réuni cent quarante mille participants déjà vêtus de leur tenue funèbre. D'après ce que m'avait dit mon père, la plupart des soldats avaient accroché un bout de papier à leur uniforme afin qu'on puisse identifier leur cadavre après le massacre. J'ai jeté un coup d'œil au vieil homme assis à mes côtés, m'attendant à voir épinglé à sa poitrine un bout de papier jauni où figuraient son nom, son grade et sa ville d'origine. Puis je me suis rappelé dans un sursaut que c'était *moi* qui portais un tel papier.

J'ai jeté un ultime regard au camp, m'émerveillant de constater que la Mort avait lancé une seconde invitation cinquante ans après la première et que cinquante mille survivants y avaient répondu.

Nous nous sommes enfoncés dans la forêt, nous coupant de la lueur des feux de camp. Notre route n'était éclairée que par les étoiles visibles au-dessus des frondaisons, ainsi que par de rares lucioles voletant autour de nous.

« Tu ne te souviens plus d'Iverson, pas vrai, mon gars ?

— Non, m'sieur.

— Tiens. » Il m'a tendu une plaque métallique. Je me suis penché pour découvrir un vieux daguerréotype craquelé sur les bords. En plissant les yeux, je suis parvenu à distinguer un visage pâle et carré, barré par une ombre qui était sans doute une moustache. Le capitaine Montgomery a repris son bien. « Il ne s'est pas inscrit à cette foutue réunion, a-t-il grommelé. J'ai passé toute la sainte journée à le chercher. Il ne s'est pas montré. Pas étonnant. Il y a deux ans, un journal d'Atlanta a prétendu qu'il était mort. Mensonge.

— Oh. » Les sabots de nos chevaux rendaient un son étouffé sur la terre de la route. Les champs que nous longions étaient aussi vides que ma tête.

« Mensonge, a répété le capitaine. Il va revenir ici. Ça ne fait aucun doute, pas vrai, Johnny ?

— Non, m'sieur. »

Nous arrivions au sommet d'une butte, et le vieil homme a tiré légèrement sur les rênes pour ralentir notre allure. Sa jambe de bois battait comme un métronome là où il l'avait calée contre le banc, et le rythme de ses battements s'est altéré à mesure que notre vitesse diminuait. Nous étions sortis de la partie la plus dense de la forêt pour nous retrouver parmi des champs délimités par des haies d'arbres et des murs de pierre. « Merde, a-t-il dit. Est-ce que tu as vu la maison Forney, mon gars ?

— Je... non, m'sieur. Je ne crois pas. » J'ignorais où pouvait se trouver cette maison. J'ignorais qui pouvait être Forney. J'ignorais ce que je faisais en pleine nuit avec cet étrange vieillard. À ma grande surprise, je me suis aperçu que j'étais au bord des larmes.

Le capitaine Montgomery a fait stopper les chevaux près d'un bosquet au bord de la route. Sa respiration est devenue haletante et sifflante lorsqu'il a tenté de descendre du chariot. « Donne-moi un coup de main, mon gars. Nous allons dresser le camp. »

J'ai fait le tour du chariot en courant et lui ai tendu la main, mais il a préféré prendre appui sur mon épaule pour sauter à terre. Il émanait de lui une étrange odeur âcre, et j'ai pensé au matelas taché d'urine planqué dans une grange, entre notre école et la voie ferrée, qui, à en croire Billy, servait d'abri aux chemineaux. Il faisait nuit noire à présent. Je distinguais la Grande Ourse au-dessus des champs. Criquets et crapauds se préparaient à entonner leur symphonie nocturne.

« Va donc chercher quelques couvertures, mon gars. » Le vieil homme s'était avancé entre les arbres pour ramasser une branche morte en guise de béquille. J'ai obéi à son ordre puis l'ai suivi.

Nous avons traversé un champ de blé, longé une enfilade d'arbres, et grimpé sur une petite colline pour nous arrêter finalement près d'un arbre dont les grandes feuilles murmuraient sous la brise. Le capitaine m'a ordonné d'étaler les couvertures sur le sol, puis il s'est assis, adossé au tronc, et a croisé les jambes de façon à faire reposer sa prothèse sur son pied valide. « Tu as faim, mon gars ? »

J'ai hoché la tête dans l'obscurité. Le vieillard a fouillé dans son sac et m'a tendu ce que j'ai pris pour des tranches de viande mais cela avait un goût de vieux cuir salé. J'ai mâchonné le premier morceau pendant cinq bonnes minutes avant de pouvoir l'avaler. Je commençais à sentir les effets de la soif lorsque le capitaine Montgomery m'a passé une outre pleine d'eau et montré comment boire à la régalade.

« Alors, il est bon, mon bœuf boucané ?

— Délicieux. » J'étais parfaitement sincère et j'ai entamé le deuxième morceau pour le prouver.

« Cet Iverson était un salaud et un bon à rien », a déclaré le capitaine en mâchant son bœuf boucané. Il reprenait sans se démonter la conversation entamée une demi-heure plus tôt. « Il n'aurait jamais nui à personne si les crétins de mon régiment ne l'avaient pas élu commandant avant la guerre. Ça a fait automatiquement de lui un colonel, et lorsqu'on a fait notre percée dans le Nord, ce connard s'est retrouvé à la tête d'une des brigades de Rodes. »

Le vieil homme s'est interrompu pour mâcher son bœuf avec les rares dents qu'il lui restait, et j'ai pensé alors à Mr. Bolton, le vieux pompier qui avait l'habitude de s'asseoir devant la caserne de la 3e Rue pour raconter des histoires aux nouvelles recrues sans paraître prendre garde aux enfants qui s'étaient joints à elles. C'était la seule personne que j'avais entendue jurer de la sorte avant de rencontrer le capitaine. Peut-être était-ce lié au fait de porter l'uniforme, me suis-je dit.

« Il se prénommait Alfred. » Le vieil homme parlait à voix basse et son accent du Sud était si prononcé que je ne comprenais ses paroles qu'avec quelques secondes de retard. Cela me rappelait ces soirées où, déjà couché et presque en train de rêver, je percevais les voix de mes parents occupés à discuter au salon à travers un voile de sommeil. C'était comme si je comprenais par magie une langue étrangère. J'ai fermé les yeux pour me concentrer. « Alfred, a répété le capitaine, comme son père. Son père était sénateur de Géorgie, un pote du président. » J'ai senti les yeux du vieillard se poser sur moi. « Le président Davis, bien sûr*. C'est lui qui a donné sa première commission à Iverson fils, à l'époque où il était encore sénateur. C'était durant la guerre contre le Mexique. Et quand la vraie guerre a éclaté, Iverson et son papa ont formé un régiment. À cette époque, quand une famille de richards comme les Iverson voulaient jouer aux soldats, il leur suffisait de s'acheter un régiment. Les uniformes, les chevaux et tout le reste. Et c'étaient eux les officiers. Des grandes personnes qui jouaient aux petits soldats, mon gars. Sauf qu'au moment où la guerre a éclaté, les petits soldats, c'était *nous*, Johnny. »

* Jefferson Davis (1808-1889). Sénateur du Missouri, il renonça à son mandat pour devenir président des États confédérés de 1861 à 1865 *(N.d.T.)*

J'ai rouvert les yeux. Jamais je n'avais vu autant d'étoiles. Au-dessus des champs, les constellations déployaient leur splendeur jusqu'à la ligne d'horizon ; d'autres étaient visibles entre les arbres. La Voie lactée était un pont jeté sur le ciel. Ou le sillage d'une armée disparue depuis des âges.

« C'est la poisse qui a voulu qu'on hérite d'Iverson, a poursuivi le capitaine, car la brigade était un corps d'élite et le vingtième de Caroline du Nord était le meilleur régiment des troupes d'Ewell. » Il a posé de nouveau ses yeux sur moi. « Tu n'étais pas avec nous à Sharpsburg, hein, Johnny ? »

J'ai secoué la tête, et un frisson m'a parcouru l'échine lorsque je l'ai entendu m'appeler par ce nom. Je me demandais ce qu'était devenu le vrai Johnny.

« Non, évidemment. C'était en 62. Tu étais encore à l'école. Le régiment s'était replié sur Fredericksburg après l'échec de la première percée. On nous avait ordonné de défiler, et la fanfare de Nate a joué *Dixie.* Et soudain, venant de l'autre rive de la

Rappahannock River, on a entendu la fanfare des Yankees qui se mettait à jouer *Dixie* elle aussi. C'était foutrement bizarre, mon gars. On les entendait si bien qu'on aurait dit qu'il n'y avait qu'une seule fanfare. Alors nos gars — tous des gars du vingtième — se sont mis à jouer *Yankee Doodle.* On était tous là, au garde-à-vous sous le soleil, et laisse-moi te dire qu'on était dans un drôle d'état. Et quand nos gars ont eu fini *Yankee Doodle,* voilà que les deux fanfares se mettent à jouer *Home Sweet Home* comme si elles avaient répété ensemble. Et sans réfléchir à ce qu'on faisait, Perry, le vieux Thomas, Jeffrey, moi, tous les autres, on s'est mis à chanter en chœur. Et le lieutenant Williams aussi — le jeune Mr. Oliver en personne —, et puis toute la brigade, et tous les Yankees aussi, on les entendait sur l'autre rive, comme si on ne formait qu'un seul chœur qui se serait retrouvé divisé en deux par erreur ou par accident. Je te le dis, mon gars, j'avais l'impression de chanter avec des fantômes. Ou d'être un fantôme moi-même. »

J'ai fermé les yeux pour mieux entendre cette complainte chantée par des voix viriles, et j'ai soudain compris que même des adultes — mêmes des soldats — pouvaient se sentir aussi seuls que je l'avais été un peu plus tôt. Et soudain, le mal du pays qui m'habitait s'est évanoui. J'avais le sentiment de me trouver là où je devais être, de faire partie de l'armée du capitaine, de toutes les armées, loin de mon foyer, promis à un avenir incertain mais rassuré par la présence de mes amis. De mes camarades. Leurs voix étaient aussi tristes, aussi réelles que le murmure du vent dans les frondaisons.

Le capitaine s'est raclé la gorge et a craché par terre. « Et puis ce salopard d'Iverson nous a tués », a-t-il conclu. J'ai entendu un bruit métallique lorsqu'il a défait les boucles de sa prothèse.

J'ai ouvert les yeux au moment où il s'enveloppait dans sa couverture et détournait son visage de moi. « Dors bien, mon gars, a-t-il murmuré. Demain, nous partirons dès l'aube. »

J'ai remonté ma couverture jusqu'au menton et posé ma joue sur la terre noire. Les voix avaient disparu. Je me suis endormi bercé par le frisson du vent dans les arbres, qui résonnait à mes oreilles comme un murmure menaçant.

Je me suis réveillé une première fois avant le lever du soleil, et la fausse aurore m'a permis de distinguer le visage du capitaine Montgomery à quelques centimètres du mien. Son chapeau était tombé durant la nuit, et son crâne ressemblait à une carte en relief écarlate où se détachaient des tavelures, des cicatrices et quelques mèches de cheveux blancs. Son front était sillonné de rides, comme s'il se concentrait sur ses pensées ; ses sourcils évoquaient deux buissons noirs ; deux lunules blanches étaient visibles sous ses paupières closes. Un léger ronflement montait de sa bouche édentée et ses moustaches étaient humectées par un filet de salive. Son souffle pénible rappelait un courant d'air montant d'une caverne qu'un soudain éboulis aurait mise au jour au bout de plusieurs siècles.

J'ai fixé ce visage à la peau burinée par les ans, ces doigts distordus accrochés à la couverture comme des doigts d'enfant, et j'ai soudain compris, comme s'il m'avait été donné d'entrevoir ma longue et pénible existence, que la vieillesse était une malédiction, une affliction, et que ceux d'entre nous qui avaient le malheur de survivre à leur enfance étaient condamnés à d'irrévocables souffrances. C'est peut-être pour cette raison, me suis-je dit, que les jeunes hommes sont prêts à mourir à la guerre.

J'ai enfoui mon visage sous la couverture.

Lorsque je me suis à nouveau réveillé, juste après l'aube, le vieil homme s'était levé et regardait en direction de Gettysburg. Seule une coupole blanche était visible au-dessus des arbres, bariolée d'or par le soleil levant. Je me suis extirpé des couvertures et levé, tout étonné de me sentir raide et en sueur. C'était la première fois que je dormais à la belle étoile. Le révérend Hodges avait promis de nous emmener camper, mais notre patrouille était bien trop occupée à apprendre le morse et le sémaphore. J'ai décrété que cette expérience me suffirait. Alors que j'agitais mes jambes encore engourdies, je me suis demandé comment le capitaine Montgomery avait réussi à mettre sa prothèse sans me réveiller.

« Bonjour, mon gars », m'a-t-il lancé comme je revenais d'un bosquet où j'étais allé me soulager. Ses yeux restaient rivés à la coupole.

Nous avons pris notre petit déjeuner debout près de l'arbre — eau et bœuf boucané. Je me demandais ce que le révérend, Billy et les autres scouts pouvaient bien manger et boire au réfectoire. Sans doute des crêpes. Peut-être du bacon. Très certainement du lait frais.

« J'étais avec Mr. Oliver quand on a battu le rappel des troupes le matin du premier, a grincé le vieil homme. Quatorze cent soixante-dix hommes. Cent quatorze officiers. Je n'étais pas du nombre. J'étais encore sergent à ce moment-là. Je n'ai été promu qu'en 64. Bref, le général Hill nous avait fait savoir la veille que les troupes fédérales se massaient au sud. Sans doute pour nous couper la route. Notre brigade a été la première à répondre à son appel.

« Nous avons entendu des coups de feu en descendant le Heidlersburg Pike, et le général Rodes nous a fait passer par la forêt pour rejoindre Oak Hill. » Il s'est tourné vers l'est, pivotant sans effort sur sa jambe de bois, et a porté une main à son front pour protéger ses yeux du soleil. « Ça doit être par là, je crois bien. Allez, viens, Johnny. » Le vieil homme a fait demi-tour et je l'ai suivi en courant après avoir enroulé les couvertures. Notre but semblait être cette lointaine coupole.

« On est descendus par le flanc ouest de cette crête, c'est ça, mon gars ? Il y avait moins d'arbres à l'époque. On s'était mis en route avant l'aube. Quand on est arrivés ici, ça devait être l'heure du déjeuner. Une heure ou une heure et demie. On a mangé nos rations de biscuits. Je crois me souvenir qu'on a fait halte sur la colline pour que

Rodes dispose son artillerie. Perry et moi, on étais ravis de pouvoir s'asseoir. Il voulait écrire une lettre à notre maman, mais je lui ai dit qu'on n'aurait pas le temps. Je ne m'étais pas trompé, mais je regrette de ne pas l'avoir laissé écrire cette foutue lettre.

« De l'endroit où on était, on voyait les troupes yankees sur la route de Gettysburg, et on savait qu'on allait se battre ce jour-là. Nom de Dieu, mon gars, tu peux laisser tomber ces couvertures. On n'en aura pas besoin aujourd'hui. »

Surpris, j'ai lâché mon fardeau. Nous étions arrivés à l'extrémité du pré et seule une barrière en mauvais état nous séparait de la route que nous avions dû emprunter la veille. Le capitaine a fait passer sa jambe de bois au-dessus de l'obstacle et, une fois celui-ci franchi, nous avons marqué une pause. La chaleur du jour alourdissait l'atmosphère et faisait battre le sang à mes tempes. Soudain, on a entendu au loin un bruit de flonflons et de vivats.

Le capitaine a attrapé un mouchoir rouge

couvert de taches et s'en est épongé le visage. « Les imbéciles. On se croirait à la fête foraine. C'est ridicule.

— Oui, m'sieur. » Je l'avais approuvé par pur réflexe, mais j'ai soudain été tout excité à l'idée de participer à la Réunion et d'être en compagnie d'un authentique vétéran — *mon* vétéran —, de fouler le sol sur lequel il s'était battu. Je me rendais compte que, vus de loin, nous aurions pu passer pour *deux* soldats. À ce moment-là, j'aurais volontiers troqué mon uniforme kaki de boy-scout pour la tenue grise des Confédérés afin de me battre aux côtés du capitaine. J'aurais été prêt à marcher sur les Esquimaux si nécessaire, tant j'avais envie de faire partie d'une armée, de partir à l'aube avec mes camarades, de me préparer à la bataille, de me sentir aussi *vivant* que je l'étais en cet instant.

Le capitaine avait entendu ma réponse, mais il avait dû percevoir quelque chose dans mon regard, car il s'est penché vers moi, prenant appui sur la barrière, et a rapproché son visage du mien. « Sacrédié, Johnny, tu ne vas pas encore te laisser embobiner par ces foutaises. Tu crois que ces crétins seraient venus jusqu'ici s'ils avaient eu l'honnêteté d'admettre qu'ils allaient célébrer l'anniversaire d'une boucherie ? »

J'ai cligné des yeux.

Le vieil homme a empoigné le revers de ma tunique. « Tu n'as pas compris, mon gars ? Ce qu'on a construit ici, c'est un *abattoir** dont le but était de broyer les *hommes*, et voilà que ces imbéciles s'y retrouvent pour se raconter des histoires drôles et se lamenter sur le bon vieux temps où on se faisait massacrer. » Il a tendu sa main libre en direction de la coupole. « Tu ne les vois donc pas, mon gars ? Les enclos, les couloirs et les salles d'équarrissage — mais tout le monde n'avait pas la chance de se faire défoncer le crâne du premier coup ; non, certains d'entre nous n'ont été bouffés qu'en partie, ce qui leur a permis de voir

* En français dans le texte. *(N.d.T.)*

les autres pourrir tranquillement au soleil. C'est une saloperie d'abattoir, mon gars, un lieu où on te tue et où on t'étripe... on te vide de tes entrailles et on les écarte d'un coup de pied pour laisser passer le jobard qui te suit... on découpe la viande de ton corps, on broie tes os pour en faire de l'engrais, puis on broie ce qui te reste d'abats pour en faire des saucisses destinées au public. Tous ces défilés, tous ces récits de guerre, toutes ces réunions... C'est de la *saucisse,* mon gars. » Le souffle court, il m'a lâché, a craché par terre, s'est essuyé les moustaches et a fixé le ciel un long moment. « Et si on a échoué dans cet abattoir, c'est à cause d'un Judas nommé Iverson, Johnny, a-t-il conclu d'une voix exempte d'émotion. Ne l'oublie jamais. »

Après avoir traversé la route, nous avons continué de descendre jusqu'à un champ qui s'étendait à l'est d'une ferme abandonnée. Les étages du bâtiment avaient été dévorés par le feu plusieurs années auparavant, les fenêtres du rez-de-chaussée étaient condamnées, mais des iris poussaient encore autour des fondations et le long de l'allée envahie par les mauvaises herbes qui conduisait aux remises. « La maison de John Forney, dit le capitaine Montgomery. Il y demeurait encore quand je suis venu ici en 98. Il m'a dit qu'aucun de ses ouvriers ne voulait rester ici après la tombée de la nuit. À cause des Fosses.

— À cause de quoi, m'sieur ? » Je commençais à souffrir de la chaleur et je me suis dit que la température allait sûrement dépasser les trente degrés. Les sauterelles bondissaient parmi les hautes herbes.

Le vieil homme n'a pas paru m'entendre. La forêt toute proche nous empêchait de voir la coupole, mais le capitaine avait les yeux braqués sur le champ en pente douce qui débouchait sur un bosquet à quatre cents mètres de nous. Il a saisi son revolver et j'ai senti mon cœur battre plus fort lorsqu'il a relevé le percuteur pour l'armer. « C'est une arme à double détente, mon gars, m'a-t-il dit. Ne l'oublie pas. »

Tant bien que mal, nous avons franchi une petite haie, puis commencé à traverser le champ. La prothèse du vieil homme faisait un bruit assourdi en s'enfonçant dans la terre. Les hautes herbes nous caressaient les jambes. « Ce fumier d'Iverson n'est jamais allé jusqu'ici, a dit le capitaine. Ollie Williams m'a raconté qu'il a lancé l'assaut depuis le sommet de la colline, là où Rodes avait installé son artillerie. "Pas de quartier", il a dit, et ensuite il est allé sous un arbre pour prendre son déjeuner. Il avait même apporté du vin. Ce salopard buvait du vin à chaque repas, alors que nous devions nous contenter de l'eau des fossés. Non, Iverson ne s'est pointé que lorsque tout a été fini, il a prétendu qu'on avait voulu se rendre et il a ordonné aux cadavres de se relever pour saluer le général. Viens, mon gars. »

Notre allure était des plus lentes. J'ai aperçu un mur à la lisière du bosquet, à moitié dissimulé par l'ombre des frondaisons. Il semblait couvert de vigne ou de hautes herbes.

« La brigade de Daniels était sur notre droite. » Le revolver du capitaine s'est soudain pointé vers le sud, manquant faire choir mon chapeau. « Mais quand ils sont passés à l'attaque, nous étions déjà hors de combat. Et les hommes de Daniels ont essuyé le feu du régiment de Stone... le cent quarante-neuvième de Pennsylvanie, ceux qu'on appelait les *Bogus Bucktails** pour une raison que j'ai oubliée. Quoi qu'il en soit, nous étions tout seuls quand nous sommes arrivés ici ; Daniels, Ramseur et O'Neal ne sont intervenus que plus tard. Iverson nous a fait partir trop tôt. Ramseur n'était pas encore prêt, et la brigade d'O'Neal a battu en retraite avant même de parvenir à Mummasburg Road, là-bas. »

Nous avions traversé la moitié du champ. Les arbres plantés sur notre gauche nous cachaient la route. Le mur était distant de moins de trois cents mètres. J'ai jeté un regard inquiet sur le revolver. Le capitaine semblait avoir oublié son existence.

* Littéralement : fausses queues de cerf. *(N.d.T.)*

« On est descendus en oblique, a-t-il poursuivi. La brigade s'était déployée sur toute la largeur du champ. Le 5e régiment de Caroline du Nord était sur notre gauche. Le 20e était par là, deux cents hommes en première ligne, le 23e et le 12e avançaient sur notre droite, légèrement en retrait, si bien que le flanc droit du 12e se trouvait à mi-chemin de cette maudite voie ferrée, là-bas. »

Je me suis tourné vers le sud mais sans distinguer la moindre voie ferrée. Mon regard n'embrassait que l'immense champ jadis fertile et désormais envahi par les herbes et le chiendent.

Le capitaine a fait halte, légèrement essoufflé, et pris appui sur sa jambe valide. « Ce qu'on ne savait pas, Johnny, c'est que les Yanks s'étaient planqués derrière ce mur. Il y en avait des milliers. Et on ne voyait rien, ni casquette, ni drapeau, ni fusil — rien. Ils nous attendaient tranquillement. Ils attendaient que les bestiaux soient entrés dans l'abattoir. Et le colonel Iverson n'avait même pas envoyé des éclaireurs pour nous ouvrir la route. Je n'avais *jamais* vu ça. Et on avançait dans ce champ pendant qu'Iverson mangeait et buvait à son aise sur Oak Hill. »

Le capitaine a levé son arme et visé le bosquet. J'ai reculé d'un pas, dans l'attente d'un coup de feu, mais le seul bruit à parvenir à mes oreilles a été celui de sa voix éraillée. « Tu te rappelles ? On est arrivés jusqu'ici... là où pousse cette satanée vigne... et voilà que les Yanks apparaissent comme par magie derrière ce mur et nous tirent dessus. Comme s'ils étaient sortis du sol. On n'entendait que le murmure des blés et le bruit de nos pas, puis soudain une salve d'apocalypse. Le monde a disparu derrière un rideau de fumée. À cette distance, même un Yank ne pouvait pas nous rater. Et il en est sorti d'autres de ces arbres... » Il a désigné l'endroit où le mur faisait un coude avant de rejoindre la route. « Tous les hommes étaient exposés, y compris ceux du 5e régiment de Caroline du

Nord. Nous avons été fauchés, mon gars. Il y avait bien du blé dans ce champ, mais les pousses étaient trop petites pour nous protéger. Aucune issue. Aucune cachette. On aurait pu décamper, mais les gars de Caroline du Nord n'ont jamais appris à battre en retraite. Alors la faux a continué de nous tomber dessus. On ne pouvait pas avancer. Ce satané mur était devenu un rideau de fumée d'où partaient des coups de feu à bout portant. J'ai vu le lieutenant-colonel Davis, du 5e régiment — ses hommes l'appelaient Old Bill —, qui envoyait ses hommes s'abriter dans une petite combe. Tu vois ces buissons, là-bas ? Ça ne faisait pas une bonne tranchée, mais au moins pouvaient-ils se protéger du feu. Mais nous autres, les gars du 20e et les hommes du capitaine Turner, ceux du 23e, on était obligés de se coucher par terre et d'attendre la fin de l'averse. »

Le vieil homme s'est avancé lentement pour s'arrêter au bout d'une douzaine de mètres, là où les hautes herbes mêlées à la vigne nous barraient l'accès au mur. Soudain, il est tombé assis par terre, sa jambe mutilée tendue devant lui, son revolver posé sur ses cuisses. Je me suis agenouillé près de lui, puis j'ai ôté mon chapeau et déboutonné ma tunique. La fiche jaune pendait à ma poche de poitrine. Il faisait une chaleur à périr.

« Les Yanks continuaient de nous tirer dessus. » Sa voix n'était plus qu'un murmure rauque. Ses joues et sa nuque étaient inondées de sueur. « Il en est arrivé d'autres de ce côté... pas loin du talus... qui nous ont attaqués par le flanc droit. On ne pouvait même pas riposter. Celui qui essayait de lever les yeux pour viser recevait aussitôt une balle dans la tête. Mon frère Perry était couché à côté de moi, et j'ai entendu la balle qui s'est logée dans son œil gauche. Ça fait un bruit pareil à celui d'un marteau qui attendrit de la viande. J'étais en train de pleurer et de hurler, la gueule dans la poussière et les larmes aux yeux, quand j'ai soudain senti que Perry se relevait. Il tremblait comme une marionnette dont on aurait agité les fils. Encore et encore. Je voyais nettement son visage en bouillie, je voyais les bouts de sa cervelle sur ma jambe, mais je le *sentais* bouger, comme s'il m'encourageait à filer. Plus tard, j'ai compris pourquoi. Il bougeait chaque fois qu'il recevait une nouvelle balle dans la tête. Plus tard, quand on est revenus pour l'enterrer, son crâne ressemblait à une pastèque fracassée à coups de pied. Et ça n'avait rien d'exceptionnel. La plupart des gars qui ont laissé leur peau sur ce champ avaient été déchiquetés. On a été fauchés, mon gars. Ou plutôt passés à la moulinette. »

Je me suis assis sur l'herbe, m'efforçant de respirer par la bouche. L'odeur qui montait de la vigne et de la terre me donnait un peu le vertige. La chaleur me faisait l'effet d'une chape de plomb posée sur ma tête.

« Alors, certains de nos gars ont essayé de fuir. » La voix du capitaine était monocorde, ses yeux fixés sur le vide. Il tenait le revolver des deux mains et le pointait sur moi, mais j'étais sûr qu'il avait oublié ma présence. « Tous ceux qui se sont levés ont été touchés. Ça faisait un bruit... on entendait les balles labourer les chairs. Le vent repoussait la fumée vers la forêt, si bien qu'on restait toujours exposés. J'ai vu le lieutenant Ollie Williams se redresser pour dire à ses hommes de rester couchés, et il a été touché à deux reprises.

« Nous, on essayait de se regrouper pour riposter, mais on commençait à peine à y arriver que les Yanks ont fait une sortie, au fusil ou à la baïonnette. Et c'est à ce moment-là que je vous ai vus tomber, Johnny, toi et l'autre petit tambour. Quand ils ont sorti leurs baïonnettes... » Le vieil homme s'est interrompu et m'a regardé pour la première fois depuis un bon moment. Une expression de désarroi est passée sur son visage. Il a doucement abaissé son arme, en a lentement rabattu le percuteur et a porté une main tremblante à son front.

Toujours en proie à un léger vertige, j'ai demandé : « C'est là que vous avez perdu votre... euh... que vous avez été blessé à la jambe, m'sieur ? »

Le capitaine a ôté son chapeau. Ses quelques mèches blanches étaient poisseuses de sueur. « Hein ? Ma jambe ? » Il a considéré sa prothèse comme s'il n'avait jamais remarqué son existence. « Ma jambe. Non, mon gars, c'est arrivé plus tard. À la bataille du Cratère. Les Yanks ont creusé un tunnel sous notre camp et nous ont fait sauter pendant qu'on dormait. Comme je ne suis pas mort tout de suite, on m'a renvoyé à Raleigh, et on m'a promu capitaine trois jours avant la reddition de Lee. Non, ce jour-là... *ici*... j'ai reçu au moins trois balles, mais ce n'était pas trop grave. La première a emporté le talon de ma botte droite. La deuxième a démoli la crosse de mon fusil, et j'ai eu la joue pleine d'échardes. La troisième m'a un peu abîmé l'oreille gauche, mais ça ne m'a pas rendu sourd. C'est seulement le soir, quand j'ai voulu me coucher, que je me suis aperçu que j'avais reçu une quatrième balle dans la cuisse, juste en dessous du cul, mais elle n'a pas pénétré dans les chairs et j'en ai été quitte pour un bleu. »

Nous sommes restés silencieux un long moment. J'entendais les insectes bruire dans l'herbe. Puis le capitaine a repris : « Et ce salopard d'Iverson ne s'est pointé que lorsque les gars de Ramseur sont enfin venus chasser les Yanks. C'était bien plus tard. J'étais couché quelque part par là, coincé entre le cadavre de Perry et celui de Nate, tellement couvert de sang et de cervelle que ces maudits Yanks nous ont enjambés tous les trois quand ils ont déboulé pour planter leurs baïonnettes dans le corps de nos camarades ou les ramener à l'arrière comme prisonniers. J'ai ouvert les yeux le temps de voir ce vieux Cade Tarleton qu'ils poussaient à coups de bâton en riant tout leur soûl. Et ils ont aussi capturé le drapeau du régiment, bon Dieu. Personne n'était en mesure de leur résister.

« Ramseur, celui que les journaux de Richmond appelaient toujours le Chevalier

Bayard — et du diable si je sais ce que ça veut dire — avait failli tomber dans la même embuscade mais le lieutenant Crowder et le lieutenant Dugger avaient pu le prévenir à temps. Ramseur était un officier, mais ce n'était pas un crétin. Il a traversé la route un peu plus à l'est pour contourner les Yanks sur leur flanc droit, et il a donné l'assaut à ce maudit mur pour les repousser vers le séminaire.

« Pendant ce temps, alors que ceux d'entre nous qui avaient survécu rampaient vers la maison Forney ou continuaient de perdre leur sang dans l'herbe, cette ordure d'Iverson racontait au général Rodes qu'il avait vu notre régiment agiter un drapeau blanc et se rendre aux Yanks. C'était un mensonge, mon gars. Les gars qui avaient été capturés étaient tous blessés, et on ne peut pas grand-chose contre une baïonnette. Je n'ai vu aucun drapeau blanc ce jour-là. Du moins pas dans ce coin. Je n'ai vu que des crânes fracassés et des cervelles en bouillie.

« Plus tard, pendant que je cherchais un fusil en état de marche, Rodes a conduit Iverson ici pour lui montrer l'endroit où ses hommes s'étaient rendus, et alors que leurs chevaux se frayaient un chemin parmi les cadavres qui avaient naguère formé le 20e régiment de Caroline du Nord, ce salaud d'Iverson... » La voix du vieil homme s'est brisée. Il est resté silencieux une bonne minute, a toussé, craché, puis repris : « Ce *salaud* d'Iverson aperçoit les rangées de morts, sept cents hommes parmi les meilleurs que le Sud ait jamais engendrés, allongés par terre mais rangés comme à la parade. Ce crétin croit qu'ils cherchent encore à se planquer bien que Ramseur ait déjà repoussé les Yanks, et voilà qu'il se dresse sur ses étriers — son cheval a failli piétiner ce pauvre Perry — et s'écrie : "Levez-vous pour saluer le général ! Levez-vous tout de suite !" C'est Rodes qui a compris qu'il n'avait que des cadavres en face de lui. »

Le capitaine Montgomery était si essoufflé

qu'il parvenait à peine à aligner ses mots. J'avais moi aussi des difficultés à respirer. L'odeur douceâtre qui montait des herbes, de la vigne et de la terre semblait absorber la totalité de l'air. Mon regard s'est posé sur des grappes toutes proches ; les grains boursouflés faisaient penser à une chair meurtrie marbrée de veines malades.

« Si j'avais eu un fusil dans les mains, a repris le capitaine, j'aurais abattu ce salaud sur-le-champ. » Il a poussé un soupir rauque. « Rodes et lui sont retournés sur la colline, et je n'ai plus jamais revu Iverson. Le capitaine Halsey a pris le commandement de ce qui restait du régiment. Quand la brigade s'est rassemblée le lendemain, il restait trois cent soixante-deux hommes sur quatorze cent soixante-dix. Iverson a été rappelé en Géorgie, où on lui a confié une unité de réserve ou quelque chose comme ça. À en croire la rumeur, c'était grâce au président Davis qu'il avait échappé à la cour martiale. De toute évidence, aucun d'entre nous n'aurait accepté de servir sous les ordres de ce misérable. Sais-tu ce qu'il y a d'écrit sur la dernière page des annales du 20e régiment de Caroline du Nord, mon gars ?

— Non, m'sieur », ai-je fait à voix basse.

Le vieil homme a fermé les yeux. « Formé à Seven Pines, sacrifié à Gettysburg, dissous à Appomatox*. Aide-moi à me lever, mon gars. Il faut qu'on se trouve une cachette.

— Une cachette ?

— Foutre oui. » Le capitaine a pris appui sur mon épaule. « Nous devons être prêts à accueillir Iverson. » Il a levé son revolver comme si ce geste expliquait tout. « Il ne va pas tarder à arriver. »

La matinée était bien entamée lorsque nous avons trouvé notre cachette. Je restais sur les talons du vieil homme et, tandis qu'une partie de mon esprit cherchait frénétiquement une issue à ma situation démente, une autre — bien plus importante

* Ville de Virginie où le général Lee s'est rendu au général Grant le 9 avril 1865, mettant un terme à la guerre de Sécession. *(N.d.T.)*

— acceptait sans problème la logique des événements. Le colonel Alfred Iverson Jr. allait revenir sur ce champ de déshonneur et nous devions nous cacher pour le tuer.

« Tu vois cette dépression dans le sol, mon gars ? Là où pousse cette saleté de vigne ?

— Oui, m'sieur.

— C'est les Fosses d'Iverson. Les gens du coin les appellent comme ça, c'est John Forney qui me l'a dit quand je suis venu en 98. Tu sais ce que c'est ?

— Non, m'sieur. » Je mentais. Une partie de moi-même le savait parfaitement.

« Le soir qui a suivi la bataille... la bataille, tu parles... le *massacre*... ceux d'entre nous qui avaient survécu, ainsi que quelques-uns des Pionniers de Lee, nous sommes revenus creuser des fosses pour enfouir nos camarades. Ils reposaient côte à côte, toujours en formation. Nate et Perry étaient épaule contre épaule. À l'endroit précis où je m'étais jeté à terre. On distingue sans peine le bord des Fosses. Tu vois, là où le sol se creuse et où l'herbe est plus haute ?

— Oui, m'sieur.

— Forney m'a dit qu'à cet endroit l'herbe était toujours plus haute, et les récoltes plus abondantes — quand il y en avait. Forney n'a pas beaucoup exploité ce champ. Il dit que les ouvriers agricoles n'aimaient pas y travailler. Il affirmait à ses nègres qu'ils n'avaient aucune raison de s'inquiéter, que l'UCV* était venue après la guerre pour déterrer nos gars et les ramener à Richmond, mais ce n'est pas tout à fait vrai.

— Pourquoi donc, m'sieur ? » Nous nous frayions un chemin à travers les hautes herbes. Les vignes s'enroulaient autour de mes chevilles et je devais tirer dessus pour m'en défaire.

« Ils n'ont pas tellement creusé par ici, a poursuivi le capitaine. Les os étaient si nombreux et si dispersés qu'ils ont laissé tomber au bout de quelque temps. Et ils n'avaient

* *United Confederate Veterans* : Union des vétérans confédérés. *(N.d.T.)*

pas envie de s'attarder dans ce champ, pas plus que les nègres de Forney. Quand un lieu est à ce point imprégné de honte et de colère... eh bien, les gens le *sentent*, pas vrai, mon gars ?

— Oui, m'sieur. » J'avais opiné par pur réflexe, mais je ne ressentais rien d'autre que le besoin de sommeil.

Le capitaine s'est brusquement arrêté. « Nom de Dieu, cette maison n'était pas là avant. »

À travers une brèche dans le mur, j'ai aperçu une petite maison — ou plutôt une grande cabane — édifiée à l'ombre des arbres dans un bois si sombre qu'il en était presque noir. Aucune piste ni allée ne menait à sa porte, mais j'ai remarqué que l'herbe était piétinée derrière le mur, comme si un sentier prenait naissance de part et d'autre de la brèche. Le vieil homme semblait offusqué par la présence de cette bâtisse à proximité du champ où était tombé son régiment bien-aimé. Mais la maison était plongée dans l'ombre et le silence, et nous nous sommes éloignés de cette partie du mur.

Plus nous nous approchions de la clôture en pierre, plus notre progression devenait difficile. L'herbe poussait deux fois plus haut que dans les champs environnants et la vigne avait envahi un espace aussi grand que le terrain de football où notre patrouille faisait ses exercices.

En outre, les obstacles que nous avions à franchir n'étaient pas tous de nature végétale. Le champ était parsemé de trous qui se comptaient par douzaines, voire par centaines, et qui nous guettaient sous l'herbe et la vigne.

« Saleté de taupes », a grommelé le capitaine Montgomery, mais ces trous étaient deux fois plus larges que tous les terriers de taupe ou de chien de prairie que j'avais eu l'occasion de voir. Et on n'apercevait près d'eux aucune taupinière. Le vieil homme s'est retrouvé pris au piège à deux reprises, sa prothèse si profondément enfouie dans le sol la deuxième fois que nous avons dû joindre nos forces pour l'en déloger. Alors que je m'activais sur sa jambe, j'ai soudain eu l'impression que quelqu'un ou quelque chose tirait à l'autre bout, refusant de lâcher sa proie, bien décidé à attirer le vieillard dans les profondeurs de la terre.

Cet incident a dû également troubler le capitaine Montgomery, car dès que sa jambe de bois a été libérée, il a reculé de quelques pas et s'est lourdement laissé tomber à terre, adossé au mur de pierre. « Ça ira comme ça, mon gars, a-t-il haleté. Nous attendrons ici. »

L'endroit était bien choisi pour une embuscade. Les herbes poussaient jusqu'à hauteur de taille, nous permettant d'apercevoir le champ et nous dissimulant aussi bien que des roseaux lors d'une chasse au canard. Le mur protégeait nos arrières.

Le capitaine Montgomery a ôté son manteau, ouvert son sac et entrepris de décharger, nettoyer et recharger son revolver. Allongé sur l'herbe, j'ai laissé dériver mes pensées — me demandant comment se déroulait la Réunion, comment je pourrais y reconduire le capitaine, à quoi pouvait bien ressembler Iverson, ce que pouvaient bien faire mes parents — jusqu'à sombrer doucement dans un état de somnolence.

À moins d'un mètre de moi se trouvait un de ces trous innombrables, et alors que je commençais à m'assoupir, j'ai nettement pris conscience de l'odeur qui montait de cette ouverture creusée dans la terre : le même parfum douceâtre que j'avais remarqué plus tôt, mais à présent bien plus lourd, bien plus entêtant, une fragrance de luxure et de décomposition, comme celle qui se dégagerait d'une créature marine séchant au soleil. Bien des années plus tard, à Chicago, alors que je visitais un abattoir désaffecté en compagnie d'un agent immobilier de ma connaissance, je devais sentir à nouveau cette odeur : c'était la puanteur du charnier, atténuée par les ans mais imprégnée du souvenir du sang.

La chaude journée s'est écoulée au rythme des bourdonnements d'insectes. Je me réveillais parfois et montais alors la garde avec le capitaine, pour me rendormir un peu plus tard. Je me rappelle avoir mangé des biscuits en sa compagnie et bu de l'eau à sa gourde, mais ces images se confondent avec celles des rêves que j'ai dû faire dans l'après-midi, car je me souviens aussi des hommes assis autour de nous, partageant une nourriture semblable et parlant à voix basse avec un accent indubitablement sudiste. Rien de tout cela ne me paraissait étrange. Je me rappelle m'être réveillé à un moment donné — alors qu'assis, je croyais être en pleine possession de mes moyens —, surpris par le bruit d'une automobile roulant sur Mummasburg Road. Mais les arbres bordant le champ nous cachaient la route, ce bruit a eu vite fait de s'estomper, et je suis retombé dans un demi-sommeil.

Un peu plus tard, j'ai fait le seul rêve dont je me souvienne clairement.

Je gisais dans le champ, blessé et impuissant, la joue gauche dans la poussière et l'œil droit fixé sur un ciel d'un bleu estival. Une fourmi passait sur mon visage, puis une autre, et il y en avait bientôt tout un bataillon marchant sur mon œil, mes narines et ma bouche grande ouverte. Je ne pouvais pas bouger. Je ne pouvais pas ciller. Je les sentais dans ma bouche, entre mes dents, recueillant des miettes de bacon coincées entre deux molaires, arpentant la douce chair de mon palais, explorant le conduit enténébré de ma gorge. Sensations qui étaient loin d'être désagréables.

J'avais vaguement conscience d'un autre processus bien plus intime, d'un lent grouillement au sein de mes entrailles. De petites créatures pondaient leurs œufs à la commissure de mes paupières.

Je voyais un corbeau décrire des cercles au-dessus de moi, puis descendre en spirale pour se poser à quelques mètres de là, replier ses ailes et sautiller jusqu'à moi. Il m'arrachait l'œil d'un seul coup de son bec démesuré. Plongé dans les ténèbres, je sentais encore la lumière grâce à la chaleur qui faisait boursoufler mon corps transformé en terrain de ponte, engoncé dans le tissu de plus en plus tendu de ma tunique. Je sentais mes propres micro-organismes, désormais privés de nourriture, qui digéraient ma graisse pourrissante et mon sang ranci afin de gagner un pitoyable et bref sursis.

Je sentais mes lèvres se racornir et se dessécher, se retrousser sur mes dents, sentais mes mâchoires s'ouvrir sur un rire sans joie comme mes ligaments se décomposaient ou servaient de provende à de petits prédateurs. Je me sentais plus léger lorsque les œufs commençaient à éclore, lorsque les asticots se mettaient à me dévorer avec frénésie, livrant mon corps à la terre noire et accueillante. Ma bouche s'ouvrait en grand pour avaler la glèbe. J'entrais en communion avec la terre. Des pousses d'herbe jaillissaient là où s'était trouvée ma langue. Une fleur trouvait un terreau propice dans le sépulcre humide de mon crâne et projetait sa tige vers le ciel en passant par le trou qui avait jadis abrité mon œil.

Bien reposé, bien enterré, goûtant l'acidité des ténèbres qui m'enveloppaient, je sentais la présence de mes semblables. De lents courants telluriques envoyaient vers eux des fragments de ma chair ou de mes os, qui se mêlaient aux leurs avec l'impatience timide d'un amoureux débutant. Tout le reste perdu, confondu en une masse de ténèbres et de colère, ne subsistaient plus que mes os, fragiles parcelles de mémoire, esquilles de souffrance oubliée, qui résistaient à l'inévitable apaisement du néant.

Et au fond de cette moelle pourrissante, perdu dans l'acide noir de l'oubli, je me souvenais. Et j'attendais.

« Réveille-toi, mon gars ! C'est lui. C'est Iverson ! »

Ce murmure excité m'a arraché au sommeil. J'ai jeté autour de moi un regard égaré, les lèvres encore imprégnées de la saveur du sol.

« Nom de Dieu, je *savais* qu'il viendrait ! » Le capitaine a désigné la brèche dans le mur, d'où venait de sortir un homme vêtu d'un manteau noir.

J'ai secoué la tête. Encore sous l'emprise de mon rêve, je me suis frotté les yeux pour chasser la pénombre qui les avait envahis. Puis je me suis rendu compte que cette pénombre était bien réelle. Pendant que je dormais, l'après-midi avait cédé la place au crépuscule. Comment cette journée avait-elle pu passer si vite ? L'homme au manteau noir se déplaçait dans une grisaille crépusculaire qui semblait évoquer l'étrange cécité onirique dont je venais de faire l'expérience. J'ai distingué sa chemise blanche et son visage pâle légèrement luminescents lorsqu'il s'est tourné dans notre direction et approché, se frayant un chemin dans les herbes avec ce qui ressemblait à une canne.

« Sacrédié, c'est bien *lui* », a sifflé le capitaine en levant son revolver d'une main tremblante. Sous mes yeux horrifiés, il a relevé le percuteur.

L'homme se trouvait à moins de dix mètres de nous, et je voyais clairement sa moustache et ses cheveux noirs, ses yeux enfoncés dans leurs orbites. Il ressemblait effectivement à l'homme dont j'avais entrevu le visage sur le daguerréotype.

Le capitaine Montgomery s'est mis en position de tir, le poignet droit calé sur le bras gauche, et a plissé les yeux. J'ai entendu l'homme noir siffloter une mélodie inconnue. Le capitaine a pressé la détente.

« Non ! » J'ai saisi le revolver, pointant sa gueule vers le sol, et le percuteur m'a mordu la chair entre le pouce et l'index. Le coup n'est pas parti.

Le capitaine m'a écarté violemment du bras gauche, et il relevait son arme alors même que je me raccrochais à son poignet. « Non ! ai-je répété. Il est trop jeune ! *Regardez.* Il est trop jeune ! »

Le vieil homme s'est figé, les bras toujours tendus, plissant les yeux pour mieux voir l'inconnu qui se trouvait maintenant à moins de cinq mètres.

J'avais raison. Cet homme était bien trop jeune pour être le colonel Iverson. Le visage surpris qui se tournait vers nous appartenait à un homme âgé tout au plus d'une trentaine d'années. Le capitaine Montgomery a abaissé son arme et porté une main tremblante à sa tempe. « Mon Dieu, a-t-il murmuré. Mon Dieu.

— Qui va là ? » Bien que surpris, l'inconnu avait une voix pleine d'assurance. « Montrez-vous. »

J'ai aidé le capitaine à se relever, persuadé que l'inconnu avait deviné notre présence derrière les hautes herbes sans toutefois apercevoir le revolver ni assister à notre brève lutte. Tout en le lorgnant, le capitaine a redressé son chapeau sur sa tête et enfoui son revolver dans la poche de son manteau. Je l'ai senti trembler tandis que je l'aidais à se redresser.

« Oh, un vétéran ! » L'homme s'est avancé vers nous la main tendue tout en écartant la vigne tentaculaire à coups de canne.

Nous avons contourné les Fosses dans la lumière mourante, notre nouveau guide s'efforçant de régler son allure sur le clopinement laborieux du capitaine. Il illustrait ses propos de mouvements de sa canne. « Cet endroit a vu se dérouler une escarmouche qui a précédé la bataille proprement dite. Les visiteurs y sont fort rares... la plupart des gens se rendent dans des sites plus célèbres, au sud et à l'ouest d'ici... mais nous qui vivons ou séjournons dans les parages connaissons bien les endroits comme celui-ci. Cette dépression dans le champ est fort intéressante, n'est-ce pas ?

— Oui », a murmuré le capitaine. Les yeux fixés sur le sol, il évitait soigneusement de regarder l'homme en face.

Il disait s'appeler Jessup Sheads et habiter dans la petite maison que nous avions aperçue dans la forêt. Comme le capitaine semblait perdu dans ses songeries, c'était moi qui avais fait les présentations. Les deux hommes n'avaient prêté aucune attention à mon nom. Et voilà que le capitaine jetait un bref regard à Sheads, apparemment incapable de croire qu'il n'était pas l'homme qui l'avait tourmenté durant un demi-siècle.

Sheads s'est éclairci la gorge et a désigné les vignes grouillantes. « Comme je le disais, ce site a vu se dérouler une escarmouche qui a précédé la bataille proprement dite. Les troupes confédérées, qui avançaient en ligne par ici, ont été arrêtées quelque temps par les Fédéraux qui s'étaient postés derrière ce mur, mais elles ont vite repris l'avantage. Une petite victoire sudiste avant les luttes indécises des jours suivants. » Il a marqué une pause et adressé un sourire au capitaine. « Mais je ne vous apprends sans doute rien, monsieur. Dans quelle unité avez-vous eu l'honneur de servir ? »

Les lèvres du vieil homme ont tremblé quelques instants. « 20e régiment de Caroline du Nord, a-t-il enfin répondu.

— Mais bien sûr ! » Et Sheads d'assener une tape sur l'épaule du capitaine. « Une partie de la glorieuse brigade dont ce lieu a vu la victoire. Monsieur, je serais honoré que vous et votre jeune ami ayez l'obligeance de venir chez moi pour porter un toast au 20e régiment de Caroline du Nord avant de rejoindre le Camp de la Réunion. Est-ce que cela vous est possible, monsieur ? »

J'ai tiré sur la manche du capitaine, soudain impatient de fuir cet endroit, dévoré non seulement par la faim mais aussi par une terreur irrationnelle, mais le vieil homme s'est redressé, a trouvé sa voix et déclaré d'un ton ferme : « Le garçon et moi-même en serions honorés, monsieur. »

Le cottage était en bois goudronné. Un superbe cheval noir encore sellé était attaché à la rambarde de la petite terrasse côté est. Derrière la maison, un épais bosquet et un éboulis de rochers rendaient l'accès à la forêt extrêmement difficile, sinon impossible.

L'intérieur, plutôt étriqué, ne semblait guère habité. Un minuscule vestibule donnait sur un salon aux fauteuils recouverts de draps, mais Sheads nous a conduits dans la salle à manger, une pièce étroite pourvue d'une seule fenêtre et meublée d'un buffet empli de bouteilles, de boîtes de conserve et d'assiettes sales, et d'une table sur laquelle brûlait une antique lampe à pétrole. Derrière des rideaux poussiéreux, j'ai entrevu une pièce plus petite, un matelas posé à même le sol et des piles de livres. Côté sud, un escalier franchement raide menait à un grenier dont, lorsque j'ai levé les yeux vers le plafond, je n'ai distingué qu'un carré de ténèbres.

Jessup Sheads a posé sa lourde canne contre la table et s'est dirigé vers le buffet pour en revenir avec une carafe et trois verres en cristal. La lampe sifflante projetait nos ombres gigantesques sur les murs mal dégrossis. J'ai risqué un coup d'œil par la fenêtre, mais le crépuscule avait cédé la place à la nuit, et une épaisse obscurité régnait derrière les vitres.

« Votre jeune ami va-t-il porter le toast avec nous ? » a demandé Sheads avant d'emplir le troisième verre. Jamais on ne m'avait autorisé à boire du vin ou de l'alcool.

« Oui », a répondu le capitaine, les yeux rivés sur notre hôte. La lumière rasante de la lampe faisait ressortir ses pommettes saillantes et transformait ses sourcils broussailleux en grandes ailes surplombant son nez aquilin. Son ombre sur le mur était une silhouette d'un autre âge.

Sheads a achevé de servir et nous avons levé nos verres. J'ai contemplé le vin d'un œil dubitatif ; ce liquide rouge me semblait bien épais, et je croyais y discerner des marbrures noirâtres qui ne relevaient pas forcément de l'illusion d'optique.

« Au 20e régiment de Caroline du Nord. » Sheads a levé son verre. Ce geste m'a rappelé le révérend Hodges en train de brandir le calice de la communion. Le capitaine et moi avons porté nos verres à nos lèvres.

La saveur du breuvage rappelait le cuivre et les fruits. Je me suis souvenu de ce jour, plusieurs mois auparavant, ou l'un des amis de Billy Stargill m'avait entaillé la lèvre au cours d'un pugilat. Ma blessure avait saigné durant des heures. Le goût était presque le même.

Le capitaine Montgomery a baissé son verre et l'a considéré en fronçant les sourcils. Quelques gouttes de vin s'attardaient sur sa moustache.

« C'est un cru de la région, a dit Sheads en souriant de ses dents tachées de rouge. On le récolte tout près d'ici, en fait. Dans les vignes que nous avons visitées tout à l'heure. »

J'ai fixé le contenu de mon verre. Ce vin provenait des grappes qui poussaient dans les Fosses d'Iverson.

J'ai sursauté en entendant la voix de Sheads. « Un autre toast ! » Il a levé son verre. « À l'honorable et vaillant officier qui conduisit le 20e régiment de Caroline du Nord à la bataille. Au colonel Alfred Iverson. »

Sheads a porté son verre à ses lèvres. J'étais paralysé. Le capitaine Montgomery a bruyamment reposé le sien sur la table. Son visage était aussi cramoisi que le vin renversé. « Que je sois damné si je..., a-t-il bafouillé. *Jamais !* »

L'homme qui avait dit s'appeler Jessup Sheads a vidé son verre et souri. Sa peau était aussi blanche que le tissu de sa chemise, ses cheveux et sa moustache aussi noirs que celui de son manteau. « Très bien », a-t-il dit, et il a lancé : « Oncle Alfred ? »

Alors même qu'il achevait son vin, j'avais vaguement entendu un bruit de pas dans l'escalier. Toujours à demi paralysé, j'ai lentement tourné la tête sans lâcher mon verre.

Le petit homme qui se tenait sur la dernière marche avait au moins quatre-vingts ans, mais loin d'être ridée par la vieillesse comme celle du capitaine Montgomery, sa peau était étonnamment rose et lisse, presque translucide. Je me suis rappelé les rats nouveau-nés que j'avais dénichés dans la grange d'un voisin le printemps précédent : une masse grouillante de chair rose pâle que j'avais eu l'erreur de toucher. Je ne souhaitais pas toucher Iverson.

Le colonel portait une barbe blanche semblable à celle qui ornait le visage du général Lee sur ses portraits, mais la ressemblance s'arrêtait là. Alors que Lee arborait des yeux tristes sous un front lourd de chagrin, ceux d'Iverson étaient fixes, globuleux, parsemés d'éclats jaunes. Il était presque chauve, et la roseur de son crâne accentuait encore son apparence infantile.

Le capitaine Montgomery a écarquillé les yeux, bouche bée, le souffle court. Il a empoigné le col de sa tunique comme s'il avait peine à respirer.

La voix d'Iverson était douce, presque féminine, une voix geignarde d'enfant capricieux. « Vous revenez tous ici, tôt ou tard », a-t-il dit avec un léger zézaiement. Il a poussé un soupir. « Ça ne finira donc jamais ?

— Vous... » Incapable de poursuivre, le capitaine a tendu un doigt accusateur vers Iverson.

« Épargnez-moi votre indignation, a dit sèchement celui-ci. Croyez-vous être le premier à avoir eu l'idée de me retrouver, le premier à avoir tenté d'excuser sa lâcheté en colportant des ragots ? Samuel et moi avons appris à traiter comme elle le mérite la racaille de votre espèce. J'espère seulement que vous êtes le dernier. »

La main du capitaine s'est abaissée pour disparaître dans les replis de son manteau. « Espèce de satané...

— Silence ! » a ordonné Iverson. Le regard du colonel a balayé la pièce, passant sur moi comme si je n'étais pas là. Les commissures de ses lèvres ont frémi et se sont crispées. J'ai repensé à mes rats nouveau-nés. « Samuel, s'est-il écrié, attrape ta canne. Montre à cet homme comment nous châtions les insolents. » Les yeux déments d'Iverson se sont à nouveau posés sur le capitaine Montgomery. « Vous me saluerez avant que nous en ayons fini.

— Je vous verrai d'abord en enfer. » Le capitaine a sorti son revolver de sa poche.

Vif comme l'éclair, le neveu d'Iverson a saisi sa lourde canne et en a frappé le poignet du vieil homme avant que celui-ci ait pu relever le percuteur. Toujours paralysé, mon verre à la main, j'ai vu l'arme tomber sur le plancher. Le capitaine s'est penché pour la ramasser, considérablement gêné par sa prothèse, mais le neveu d'Iverson l'a empoigné par le col de son manteau et l'a poussé en arrière, avec aussi peu d'effort que si son adversaire n'avait été qu'un enfant. Le capitaine a heurté le mur, hoqueté et glissé vers le sol, raclant les lames du plancher avec sa jambe de bois. Son visage était aussi gris que son uniforme.

Le neveu d'Iverson s'est baissé pour ramasser le revolver, puis l'a posé sur la table. Le colonel a hoché la tête d'un air approbateur, plissant les lèvres sans parvenir à sourire. Je n'avais d'yeux que pour le capitaine.

Appuyé contre le mur, les mains refermées sur sa propre gorge, le corps arc-bouté par une série de spasmes, il avait le souffle de plus en plus court, de plus en plus éraillé. De toute évidence, l'air ne parvenait plus à ses poumons ; sa peau avait viré du rouge au gris, puis du gris à un horrible pourpre tirant sur le noir. Il avait la langue pendante et la moustache inondée de salive. Ses yeux se sont élargis comme il prenait conscience de son sort, mais sans jamais quitter le visage d'Iverson.

J'ai vu ces yeux s'emplir d'une immense frustration lorsqu'il a compris que son corps le trahissait au beau milieu d'une confrontation qu'il avait attendue jusqu'à l'obsession durant un demi-siècle. Le vieil homme a laissé échapper un râle, puis un autre, et a cessé de respirer. Son menton est retombé sur sa poitrine creuse, ses mains noueuses se sont détendues et ses yeux ont cessé de se concentrer sur Iverson.

Comme libéré de ma propre paralysie, j'ai poussé un cri, laissé choir mon verre et couru m'agenouiller près du capitaine Montgomery. L'air avait cessé de franchir sa bouche grande ouverte. Ses yeux vides semblaient déjà se voiler d'une fine pellicule. J'ai effleuré ses vieilles mains difformes — dont la chair semblait déjà se refroidir et se raidir — et senti mon cœur se serrer. Ce n'était pas du chagrin que je ressentais. Pas tout à fait. Je n'avais connu que brièvement ce vieillard, et dans des conditions bien trop étranges pour éprouver un réel chagrin. Mais je me suis aperçu qu'il m'était impossible de respirer, qu'un grand vide venait d'éclore en moi : je venais de comprendre que la vie n'était pas juste. *Pas juste.* J'ai étreint les mains du vieil homme et me suis mis à pleurer, autant sur lui que sur moi-même.

« Hors de mon chemin. » Le neveu d'Iverson m'a écarté sans ménagement et s'est accroupi près du capitaine. Il l'a secoué violemment, a giflé ses joues violacées et posé une oreille sur sa poitrine.

« Est-ce qu'il est mort, Samuel ? a demandé Iverson d'une voix indifférente.

— Oui, mon oncle. » Le neveu s'est relevé et a tiraillé sur sa moustache.

« Bien, bien, a fait Iverson d'un air distrait. Aucune importance. » Il a agité sa petite main rose d'un air négligent. « Emporte-le pour qu'il rejoigne les autres, Samuel. »

Après quelques instants d'hésitation, le neveu d'Iverson est allé dans l'arrière-salle, d'où il est revenu avec une pioche, une pelle et une lanterne. Il m'a fait signe de me lever et m'a fourré la pelle et la lanterne dans les mains.

« Et le garçon, mon oncle ? »

Les yeux jaunes d'Iverson semblaient absorbés par les ombres tapies au pied de l'escalier. Il a tordu ses mains molles. « Je te laisse le soin d'en décider, Samuel, a-t-il dit de sa voix geignarde. Je te laisse le soin d'en décider. »

Le neveu a allumé la lanterne que je tenais dans mes mains, attrapé le capitaine par une aisselle et l'a traîné vers la porte. J'ai remarqué que certaines des lanières de sa prothèse s'étaient défaites ; je ne pouvais m'empêcher de fixer cette jambe de bois pendouillant au moignon d'os et de chair morte.

Remorquant le corps du vieil homme, le neveu a traversé le vestibule, franchi le seuil et disparu dans la nuit. Je suis resté planté là — statue portant pelle et lanterne sifflante —, priant pour que l'on oublie mon existence. Des doigts glacials se sont posés sur ma nuque. Une voix douce a murmuré, insistante : « Suivez-moi, jeune homme. Ne nous faites pas attendre. »

Le neveu d'Iverson a creusé la tombe à moins de dix mètres de la cachette qu'avait choisie le capitaine durant la journée. Même si le soleil avait été haut dans le ciel, les arbres bordant la route et les vignes grouillantes nous auraient dissimulés aux yeux d'un passant. Mais il n'y avait personne sur Mummasburg Road. Les ténèbres étaient absolues ; des nuages bas occultaient les étoiles, et nous n'étions éclairés que par la lanterne que je portais et par la lueur provenant de la cabane d'Iverson, à cent mètres de là.

Le cheval noir attaché à la rambarde de la terrasse avait contemplé notre étrange procession. Le chapeau du capitaine Montgomery était tombé sur le seuil, et je m'étais penché maladroitement pour le ramasser. Les doigts mous d'Iverson n'avaient pas lâché ma nuque.

La terre du champ était meuble, humide et facile à remuer. Le neveu d'Iverson a creusé un trou profond d'un mètre en moins de vingt minutes. La lanterne éclairait un tas de terre où l'on distinguait des cailloux, des bouts de racines et des objets moins aisément identifiables.

« Ça suffira, a dit Iverson. Finissons-en, Samuel. »

Celui-ci a interrompu sa tâche pour se tourner vers son oncle. La lueur froide métamorphosait son visage en masque livide et luisant de sueur, barré par les deux traits de sa moustache et de ses sourcils, aussi noirs que la terre qui maculait sa joue gauche. Après avoir repris son souffle, il a hoché la tête, posé sa pelle et fait rouler le corps du capitaine Montgomery dans la tombe. Le vieil homme a atterri sur le dos, les yeux et la bouche toujours ouverts. Sa prothèse à moitié détachée est restée sur le rebord de la fosse. Le neveu d'Iverson m'a regardé sous ses paupières lourdes, puis a saisi la jambe de bois pour la lancer sur le torse du capitaine. Sans même baisser les yeux, il a attrapé sa pelle et entrepris d'enfouir le cadavre. Rien ne m'a échappé. J'ai vu la glèbe noire qui s'abattait sur le front et les joues de mon vétéran, qui recouvrait ses yeux fixes, le gauche et ensuite le droit. J'ai vu sa bouche s'emplir de terre et j'ai senti un nœud se défaire dans ma gorge. Mon corps tout entier était secoué de sanglots silencieux.

En moins d'une minute, le capitaine avait disparu, réduit à une silhouette couchée au fond de la tombe de fortune.

« Samuel », a murmuré Iverson.

L'interpellé a cessé de pelleter pour se tourner vers le colonel.

« Que me conseilles-tu de faire... pour le reste ? » La voix d'Iverson était faible au point d'en être presque étouffée par le sifflement de la lanterne et les battements de mon cœur.

Le neveu s'est essuyé la joue du revers de la main, élargissant la tache qui s'y trouvait, et a lentement hoché la tête. « Je crois que nous n'avons pas le choix, mon oncle. Nous ne pouvons pas nous permettre de... nous ne pouvons pas courir ce risque. Pas après ce qui s'est passé en Floride... »

Iverson a poussé un soupir. « Très bien. Fais le nécessaire. Je m'en remets à ta décision. »

Samuel a de nouveau hoché la tête, repris son souffle et tendu la main vers la pioche plantée dans le monticule de terre. Une partie de mon esprit m'a ordonné de fuir, mais je demeurais paralysé devant cette horrible fosse, ma lanterne à la main, les narines emplies de l'odeur de sueur émanant de Samuel, ainsi que d'une puanteur plus tenace qui semblait monter du trou, du tas de terre et des vignes environnantes.

« Posez cette lanterne, jeune homme, a murmuré Iverson en se penchant vers mon oreille. Et posez-la doucement. » Ses doigts se sont crispés sur ma nuque. Je lui ai obéi, plaçant la lanterne sur le sol de façon qu'elle ne tombe pas. La main d'Iverson m'a poussé au bord de la fosse. Son neveu, dans le trou jusqu'à la taille, a empoigné la pioche et m'a fixé d'un air qui traduisait à la fois le regret et l'impatience. Il tenait le manche de ses deux grandes mains blanches. J'allais lui dire : « Ce n'est rien », lorsque ses yeux se sont écarquillés de surprise.

Le corps de Samuel a vacillé, s'est immobilisé, a vacillé de nouveau. On aurait dit qu'il se tenait sur une plate-forme qui venait de s'abaisser de trente centimètres, puis de cinquante. Le bord de la tombe était à présent à la hauteur de ses aisselles.

Le neveu d'Iverson a jeté sa pioche et empoigné la terre ferme des deux mains. Mais la terre n'était plus ferme. Le colonel Iverson et moi avons reculé d'un pas tandis que le sol se mettait à vibrer, puis à se dérober tel un fleuve de boue. Samuel m'a agrippé la cheville de la main gauche, cherchant à saisir les vignes de la droite. Les doigts d'Iverson m'enserraient toujours la nuque, et j'ai cru qu'il allait m'étrangler.

Soudain, on a entendu un bruit de chute, comme si le fond de la tombe avait cédé, s'effondrant dans quelque caverne ou galerie oubliée. Le neveu s'est jeté en avant, émergeant à moitié de la fosse, le torse plaqué à son rebord glissant, et il a lâché ma cheville pour s'accrocher aux vignes. On aurait dit un alpiniste cherchant à escalader une corniche à la seule force du poignet.

« Au secours. » Sa voix n'était qu'un murmure incrédule.

Le colonel Iverson a reculé de cinq pas, m'entraînant avec lui.

Son neveu semblait sur le point de triompher de la tombe avide. Sa main gauche a trouvé le manche de la pioche plantée dans la terre, et il s'est hissé vers le sol jusqu'à ce que son genou droit prenne appui sur le rebord de la fosse.

Qui s'est aussitôt effrité.

La terre du monticule a coulé sur le manche de la pioche, sur le bras tendu de Samuel, puis sur son épaule, regagnant la tombe d'où on l'avait extraite. Quoique humide, cette terre avait semblé solide quand Samuel l'avait remuée ; à présent, elle coulait comme de la boue, comme de l'eau... comme du vin noir.

Samuel est retombé dans la fosse emplie d'une espèce de vase gluante, d'un bouillon noirâtre d'où n'ont bientôt plus émergé que sa tête et ses mains.

Soudain, on a entendu une multitude de bruits, comme si tout autour de nous des créatures enfouies sous la vigne avaient changé de position. Les feuilles ont frémi, les sarments craqué. Alors qu'il n'y avait pas un souffle de brise.

Le neveu d'Iverson a ouvert la bouche pour pousser un cri, et des flots de ténèbres ont coulé entre ses dents. Ses yeux n'avaient plus rien d'humain. Sans prévenir, la terre a frémi une nouvelle fois et il a disparu. Aussi vite qu'un nageur happé par un gigantesque requin.

On a entendu des dents claquer.

Le colonel Iverson a poussé un gémissement, tel un petit enfant forcé d'aller se coucher dans le noir. L'étreinte de ses doigts sur ma nuque s'est relâchée.

Le visage de Samuel nous est apparu une dernière fois, les yeux exorbités et souillés de terre noire. Quelque chose lui avait arraché la totalité de la joue droite. J'ai compris que le son que j'entendais était produit par un homme tentant de hurler alors que son larynx et son œsophage étaient emplis de terre.

Puis le voilà de nouveau englouti. Le colonel Iverson a reculé de trois pas et m'a lâché. J'ai attrapé la lanterne et pris mes jambes à mon cou.

Un cri derrière moi. J'ai tourné la tête le temps d'apercevoir le colonel Iverson en train de franchir la brèche dans le mur. Sa démarche était hésitante, son souffle court, mais il ne semblait pas disposé à me laisser filer.

J'ai couru comme seul peut courir un

enfant terrifié, sans lâcher la lanterne qui projetait des taches de lumière mouvante sur les feuilles, les branches et les rochers. Il était vital que je dispose d'une source lumineuse. Je ne pensais qu'à une seule chose : le revolver du capitaine que Samuel avait laissé sur la table.

Le cheval tirait sur sa lanière lorsque j'ai atteint la maison, mais je n'aurais su dire s'il était affolé par ma présence, par la lanterne, par les cris d'Iverson ou par l'horrible puanteur qui montait soudain du champ. Sans lui prêter attention, j'ai ouvert la porte à la volée, traversé le vestibule en courant et fait halte sur le seuil de la salle à manger. Presque à bout de souffle, je me suis permis un sourire de triomphe en dépit de ma terreur.

Le revolver avait disparu.

Je suis resté figé plusieurs secondes, voire plusieurs minutes, totalement incapable de penser. Puis, sans lâcher ma lanterne, j'ai regardé sous la table, dans le buffet, dans la petite chambre du fond. Le revolver demeurait introuvable. J'ai foncé vers l'entrée, entendu du bruit sur la terrasse, bifurqué vers l'escalier, puis me suis immobilisé, en proie à l'indécision.

« C'est ceci... que vous cherchez... jeune homme ? » Pantelant, Iverson se dressait sur le seuil de la salle à manger, la main gauche serrant le bouton de la porte, la droite brandissant le revolver braqué sur moi. « Des ragots, ce ne sont que des ragots. » Et il a pressé la détente.

Le capitaine avait précisé que son arme était à double détente. Le percuteur est retombé sèchement, mais le coup n'est pas parti. Iverson a examiné son arme, l'a de nouveau levée sur moi. Je lui ai jeté la lanterne en plein visage.

Le colonel l'a esquivée d'un geste, la brisant du même coup. Les flammes se sont communiquées aux vieux rideaux et élancées vers le plafond en léchant le flanc d'Iverson au passage. Il a poussé un juron et lâché son revolver. J'ai sauté par-dessus la rampe de l'escalier, saisi la lampe à pétrole sur la table et l'ai lancée dans la chambre du fond. Le matelas et les livres se sont aussitôt mis à brûler. Je me suis jeté à quatre pattes pour essayer d'atteindre le revolver, mais Iverson a levé le pied pour me frapper à la tête. Il était si vieux, si lent que je n'ai eu aucune peine à esquiver le coup, mais les rideaux en flammes sont tombés entre le revolver et moi. Iverson a essayé de s'emparer de l'arme ; peine perdue : le feu l'a empêché d'achever son geste et il s'est enfui en jurant.

Je suis resté figé l'espace d'une seconde. Les flammes couraient entre les lames du plancher, gagnant l'ensemble de la charpente du bâtiment. Dehors, le cheval hennissait de plus belle, paniqué par l'incendie ou par le colonel qui tentait de l'enfourcher. Je savais que rien n'empêcherait Iverson de fuir, vers l'est ou vers le sud, dans la forêt ou vers la ville, loin de ses sinistres Fosses.

J'ai tendu ma main droite vers les flammes, étouffant un hurlement lorsque la manche de ma tunique s'est calcinée et que des cloques se sont formées sur ma peau. J'ai tiré le revolver vers moi, le faisant passer d'une main à l'autre tant il était brûlant. C'est seulement par la suite que je me suis demandé pourquoi la poudre des cartouches n'avait pas explosé. Serrant l'arme au creux de mes mains, je me suis dirigé vers la sortie en trébuchant.

Le colonel Iverson était en selle, mais il n'avait réussi à passer qu'un seul pied à l'étrier. Une rêne flottait au vent tandis qu'il tirait violemment sur l'autre, s'efforçant d'orienter sa monture paniquée vers la forêt. Vers la maison en flammes. Le cheval, quant à lui, semblait résolu à foncer vers la brèche. Vers les Fosses. Ce qu'Iverson ne souhaitait nullement. Si bien que la malheureuse bête ne cessait de tourner en rond, m'offrant à chaque passage le spectacle de ses yeux révulsés.

Au moment où je levais péniblement le lourd revolver, estimant m'être suffisamment éloigné de l'incendie, Iverson a réussi à immobiliser sa monture et à saisir la seconde rêne. Enfin maître du cheval, il a foncé dans ma direction — peut-être avait-il l'intention de m'écraser —, pressé de s'enfuir dans la forêt. J'ai dû mobiliser toute mon énergie pour relever le percuteur, ce qui a eu pour effet de faire crever les cloques sur mon pouce, et pour tirer. Je n'ai pas pris la peine de viser. La balle s'est perdue dans les frondaisons, trois mètres au-dessus de ma cible. J'ai failli lâcher l'arme sous la force du recul.

Le cheval a fait demi-tour vers les ténèbres. Iverson l'a remis dans la bonne direction en lui martelant les flancs de ses petits souliers noirs.

Ma deuxième balle a labouré le sol à un mètre cinquante devant moi. Un lambeau de chair s'est détaché de mon pouce lorsque j'ai relevé le percuteur une troisième fois, visant le cheval entre les deux yeux. Les larmes qui me brouillaient la vue m'empêchaient de distinguer Iverson, mais je l'entendais jurer comme un charretier, sa monture refusant obstinément de lui obéir. Alors que je m'essuyais les yeux d'un revers de manche, Iverson a fini par céder à la volonté du cheval. Ma troisième balle s'est perdue elle aussi dans le feuillage, mais monture et cavalier se sont enfoncés dans les ténèbres, et j'ai eu le temps de voir le cheval sauter par-dessus le mur, le décoiffant de quelques pierres au passage.

Je me suis mis à courir, toujours secoué de sanglots, trébuchant à deux reprises sans pour autant lâcher le revolver. Lorsque je suis arrivé à la brèche, la maison était entièrement gagnée par les flammes, des gerbes d'étincelles s'envolaient vers le ciel, et des rideaux de lumière rouge dansaient sur les arbres et les champs alentour. J'ai bondi en haut du mur et me suis immobilisé, les jambes flageolantes et le souffle court.

La monture d'Iverson avait parcouru trente mètres avant de s'arrêter. Elle ruait des quatre fers, et le vieil homme avait lâché les rênes pour s'accrocher désespérément à sa crinière.

Les vignes s'animaient. De longs tentacules végétaux se tendaient vers la tête du cheval, des formes indistinctes se mouvaient sous la surface incertaine des feuilles. La terre elle-même semblait ondoyer, faisant naître une multitude de monticules. Et de trous.

Je les ai vus clairement à la lueur des flammes. Des terriers de taupes. Ou de chiens de prairie. Mais aussi larges que le torse d'un homme adulte. Et aux parois tapissées de cartilage rouge sang. Semblables à des gosiers de serpents palpitant d'impatience.

Ou pire encore.

Si vous avez eu l'occasion de voir une lamproie se préparant à manger, vous me comprendrez mieux. Ces trous avaient des dents. Des centaines de dents. Des milliers. La terre s'était ouverte pour exhiber ses entrailles écarlates, et ces entrailles étaient dentues.

Et ces trous bougeaient. Le cheval a cherché à les fuir, mais les trous ne cessaient de se mouvoir dans le vaste cercle de terre nue dont la végétation semblait s'être retirée. Sur le pourtour de ce cercle, j'ai vu des ombres apparaître sous les vignes.

Iverson a hurlé. L'instant d'après, son cheval a paru en faire autant lorsqu'un trou s'est refermé sur sa patte antérieure droite. J'ai nettement entendu l'os se briser. Le cheval s'est effondré et Iverson a roulé sur le sol. D'autres craquements me sont parvenus, et le cheval a levé la tête pour contempler de ses yeux fous ses quatre pattes emprisonnées, dont la chair, les veines et les ligaments étaient déchiquetés sans pitié.

En moins de vingt secondes, la misérable bête s'est retrouvée enfouie jusqu'au garrot, se tournant et se retournant dans la terre noire et le sang tout aussi noir pour éviter les dents meurtrières. Puis les trous ont gagné son cou.

Le colonel Iverson s'est redressé sur les genoux, puis relevé. Je n'entendais que le rugissement des flammes, le bruissement des vignes et le halètement hystérique d'Iverson. Il gloussait.

En rangs de cinq cents mètres de long, aussi ordonnés qu'à la parade ou à l'assaut, la terre a frémi et ondoyé, mêlant dans un même mouvement les vignes, les hautes herbes et la glèbe noire, pareille à une horde de rats marchant sous une couverture. Ou un drapeau flottant au vent.

Iverson a hurlé lorsque les trous se sont ouverts tout autour de lui. Il hurlait encore lorsque la partie supérieure de son corps a roulé sur la terre avide, une de ses mains s'efforçant de trouver une prise sur le sol mouvant tandis que l'autre tentait vainement de retenir ses entrailles qui se dévidaient.

Les trous se sont refermés. Aucun cri n'est monté de la boule rose qui roulait sur le sol, mais aujourd'hui encore je reste persuadé d'avoir vu la barbe blanche frémir, les mâchoires s'ouvrir sur un appel silencieux, les yeux jaunes ciller une dernière fois.

Les trous se sont refermés définitivement.

Je me suis éloigné du mur en chancelant,

mais non sans avoir jeté le revolver le plus loin possible dans le champ. La maison en flammes s'était effondrée, mais il en émanait encore une chaleur si vive que je ne m'en serais jamais approché en temps normal. Mes sourcils ont rapidement roussi, un nuage de vapeur est monté de mes vêtements trempés de sueur, mais je suis resté le plus longtemps possible près du foyer.

Près de la lumière.

Je ne me souviens plus des pompiers qui m'ont retrouvé, ni des ambulanciers qui m'ont ramené en ville peu de temps avant l'aube.

Mercredi 2 juillet : Journée des Militaires à la Grande Réunion. Il a plu durant tout l'après-midi, mais la cérémonie s'est déroulée dans la Grande Tente. Les fils et petits-fils du général Longstreet, du général Pickett et du général Meade ont pris la parole.

Je me rappelle m'être brièvement réveillé dans une tente de toile sur laquelle tambourinait la pluie. Quelqu'un expliquait que cette infirmerie était bien mieux équipée que l'hôpital de la ville. J'avais les mains et les bras couverts de bandages. J'étais brûlant de fièvre. « Repose-toi, mon garçon, a dit le révérend Hodges, le front barré par l'inquiétude. J'ai envoyé un télégramme à tes parents. Ton père sera ici avant la tombée de la nuit. » J'ai hoché la tête et fini par me rendormir après avoir refoulé un cri d'horreur. Le bruit de la pluie sur la toile m'en rappelait un autre : celui d'une armée de dents s'acharnant sur des os.

Jeudi 3 juillet : Journée des Citoyens à la Grande Réunion. Les survivants de la brigade de Pickett et ceux des Brigades associées de Philadelphie ont défilé de part et d'autre du mur de Cemetery Ridge, où les forces confédérées avaient été contraintes à la retraite. Nordistes et Sudistes ont baissé pavillon avant de se rejoindre. Puis un porte-drapeau a levé la Bannière étoilée au-dessus des vétérans réconciliés. Applaudissements et embrassades.

Je me rappelle vaguement le train qui m'a ramené chez moi ce matin-là. Je me rappelle le bras de mon père autour de mes épaules. Je me rappelle le visage de ma mère lors de notre arrivée à la gare de Chestnut Hill.

Vendredi 4 juillet : Fête nationale à la Grande Réunion. À onze heures du matin, le président Wilson s'est adressé aux vétérans rassemblés dans la Grande Tente. Il fallait guérir les anciennes blessures, a-t-il dit, oublier les anciens différends et les anciennes querelles. Il a évoqué un courage et une gloire que les ans n'avaient pas ternis et ne terniraient jamais. Après son discours, on a joué l'Hymne national et tiré une salve. Puis tous les vieillards sont rentrés chez eux.

Je me rappelle une partie des rêves que j'ai faits ce jour-là. Je les fais encore aujourd'hui. Je me suis réveillé plusieurs fois en hurlant. Ma mère tentait de me prendre la main, mais je ne voulais surtout pas qu'on me touche. Le moindre contact m'était insupportable.

Soixante-quinze ans se sont écoulés depuis cette première visite à Gettysburg. Il y en a eu bien d'autres. Les guides, les gardes et les bibliothécaires me connaissent bien. Certains me considèrent même comme un historien.

Neuf vétérans sont morts durant la Grande Réunion de 1913 — cinq d'une défaillance cardiaque, deux d'une insolation, un d'une pneumonie. Le certificat de décès du neuvième attribue sa mort à la vieillesse. Un vétéran a tout simplement disparu entre le moment où il s'est inscrit et celui où il était censé regagner sa maison de retraite de Raleigh, en Caroline du Nord. Le nom du capitaine Powell D. Montgomery, de Raleigh, vétéran du 20e régiment de Caroline du Nord, n'a jamais été ajouté à la liste des vétérans décédés lors de la Réunion. Comme il n'avait pas de famille, on n'a constaté sa disparition que quelques semaines plus tard.

Jessup Sheads avait bel et bien bâti une maison non loin de la ferme Forney, sur les lieux où le 97e régiment de New York avait tendu une embuscade aux hommes du colonel Alfred Iverson. Sheads souhaitait s'aménager une résidence secondaire, et les travaux avaient été achevés au printemps 1893. Jamais il ne l'habita. Sheads était un homme de petit taille, aux cheveux roux, aux joues soigneusement rasées, qui avait un faible pour le vin. C'est lui qui avait planté la vigne peu de temps avant sa mort, survenue cette même année 1893. Sa veuve loua la maison par l'entremise d'un agent immobilier jusqu'à ce qu'elle soit détruite par un incendie durant l'été 1913. L'identité des locataires successifs reste inconnue.

Le colonel Alfred Iverson Jr. termina la guerre de Sécession avec le grade de général de brigade, bien qu'il ait été relevé de son commandement à l'issue d'un incident survenu lors des premiers engagements de la bataille de Gettysburg. Après la guerre, Iverson fut impliqué dans des scandales financiers en Géorgie puis en Floride, deux États qu'il quitta dans des circonstances non élucidées. En Floride, Iverson tenta de se lancer dans la culture du citron avec son petit-neveu, Samuel Stahl, membre du Ku Klux Klan et défenseur forcené de la réputation de son grand-oncle. À en croire certaines rumeurs, Stahl avait tué deux hommes en duel et était recherché dans le comté de Broward suite à la disparition d'un homme de soixante-dix-huit ans nommé Phelps Rawlins. Celui-ci était un vétéran du 20e régiment de Caroline du Nord. L'épouse de Stahl signala sa disparition à la police durant l'été 1913, lorsqu'il ne revint pas d'une expédition de chasse qui devait durer un mois. Elle vécut à Macon, Géorgie, jusqu'à son décès en 1948.

Alfred Iverson Jr. est décédé en 1911, 1913 ou 1915 — les sources divergent sur ce point. Les historiens le confondent fréquemment avec son père le sénateur, et bien que tous deux soient censés reposer dans le caveau de famille à Atlanta, les registres de l'Oakland Cemetery prouvent que celui-ci ne contient qu'un seul cercueil.

Au fil des ans, j'ai maintes fois fait le rêve que je me rappelle avoir fait lors de ce long après-midi près des vignes. Seul change le lieu où se déroule ce rêve : le ciel bleu et le mur de pierre cèdent la place à une tranchée surmontée de fil de fer barbelé, puis à une rizière sous un ciel de mousson, à un fleuve gelé aux rives boueuses, à une épaisse forêt tropicale qui avale toute lumière. Ces derniers temps, je rêve que je gis parmi les cendres d'une ville anéantie pendant que la neige tombe des nuages bas. Mais le sol garde le même goût de fruit et de cuivre. Et perdure la communion silencieuse entre les sacrifiés et les victimes oubliées. Parfois, il m'arrive de penser aux fosses communes qui ont fertilisé ce siècle, et je pleure pour mon petit-fils et pour mes arrière-petits-enfants.

Cela fait plusieurs années que je ne me suis pas rendu sur les champs de bataille. La dernière fois, c'était il y a vingt-cinq ans, lors de ce calme printemps 1963, trois mois avant les excès délirants de la célébration du centenaire de la bataille de Gettysburg. Mummasburg Road a été pavée et élargie. La maison de John Forney a été rasée depuis longtemps, mais j'ai vu que les iris proliféraient là où s'étaient trouvées ses fondations. La ville de Gettysburg s'est agrandie, bien sûr, mais le plan d'occupation des sols et la présence du parc historique ont tenu les lotissements à l'écart.

La plupart des arbres qui bordaient le mur ont été victimes de la maladie des ormes ou d'autres afflictions. Du mur lui-même, il ne reste qu'un tronçon de quelques mètres, la plupart de ses pierres ayant servi à construire des cheminées ou des patios. La ville est bien visible par-delà les champs.

Il ne reste aucune trace des Fosses d'Iverson. De tous les habitants des environs avec qui j'ai pu m'entretenir, aucun ne se souvient d'elles. L'herbe pousse dru dans les champs laissés en jachère et les récoltes sont abondantes les années où ils sont cultivés, mais cela n'a rien d'exceptionnel dans cette partie de la Pennsylvanie.

L'hiver dernier, un de mes amis, historien amateur comme moi, m'a appris dans une lettre que des archéologues de Penn State University avaient procédé à des fouilles autour d'Oak Hill. À l'en croire, ils sont tombés sur une véritable mine d'or — des balles, des boutons de cuivre, des débris de trousses ou de cantines, cinq baïonnettes presque intactes, des fragments d'os — autant de reliques laissées par la chair en décomposition comme des notes en bas de page dans le livre du temps.

Et des dents, ajoute mon ami.

Beaucoup, beaucoup de dents.

Composition Nord Compo
Impression Novoprint
à Barcelone, le 2 décembre 2003
Dépôt légal : décembre 2003

ISBN 2-07-031286-0./Imprimé en Espagne.

126692